俳句いきなり入門

千野帽子 Chino Boshi

NS NHK出版新書
383

まえがき——短いんじゃない。俳句は速いんだ。

いきなりだが、俳句について、つぎの一〇項目中、あなたの実感に合うものはいくつあるだろうか。数えてみてほしい。

あなたの「俳句適性」をチェック！

❶俳句は、自分の言いたいこと（メッセージ）や感動を自分の言葉で表現するものだ。
❷俳句はルールが多く、それを全部守らなければならない。
❸俳句の表現を手直ししていたら内容まで変わってしまいそうになる。最初に言いたかった内容を最後まで貫き通すべく留意しなければならない。
❹俳句は、季節感を表現する言葉を書くものだ。
❺〈をりとりてはらりとおもきすすきかな〉と一気に書くよりも、「をりとりて　はらりとおもき　すすきかな」とスペースを入れたほうが、五七五の切れ目がわかりやすいし、余韻が出て詩らしくなると思う。

❻「静けさ」や「静寂」ではなく「しじま」と書くなど、ちょっと背伸びした言葉を選びたい。
❼たんに「柿」「百合の花」「雪」と書くのではなく、「柿の実ひとつ」「百合一輪」「雪ひとひら」など「たったひとつ」であることを明言して、句に登場する物のインパクトを強調したい。
❽文語は難しい。口語で俳句を作るほうが簡単だ。俳句は技術ではない、心だ。
❾「はかなく消える恋は淡雪」とか「北に帰る渡り鳥の翼が、まるでお別れに手を振っているようだ」といった直喩・隠喩・擬人法を活かして俳句を作ってみたい。
❿自分が作った俳句をみんなの前で発表して先生に指導してもらうことを考えると、ちょっとプレッシャーだ。

何項目一致しただろうか。その数は、あなたが俳句のスタートラインにたどりつくまであと何歩あるかをあらわしている。つまりあなたのハンディキャップの数だ。七個当てはまった人は、あと七歩進んで、やっとスタート地点にたどりつくことになる。

ひとつも当てはまらなかった人は、もう俳句のスタート地点に立っている。即座に俳句を作って、俺といっしょに句会をやりましょう。

上から目線でこんなことを書いている私は、プロの俳人ではありません。ましていわゆる「結社」を率いる「先生」ではない。

私はライターで、本について書くことが多い。そのかたわら、ビジネス誌でプロの俳人といっしょに投句連載の選者をしたり、ゲーム作家や小説家といった人たちと句会ライヴをやったりしている。門外漢には門外漢の俳句観がある。上から目線ではなく「外から目線」なのだと思ってください。

「自分を表現したい！」って人に俳句は向きません

本書は、まったくの俳句未経験者、あるいは「俳句って年寄り臭い趣味でしょ」と思いこんでいる人、つまり俳句の「外」の人を読者に想定している。

私自身、俳句がどういうものか「わかった」とはとうてい言えない。でも、本の読み手として、「こういう考えかたはパッとしない」ということだけははっきりわかる。ほら、「～ではない」という消去法を積み重ねて、最後に残ったものを検討することで、ものごとの本質に迫るというアプローチもあるでしょ？ 最初にこのような問いかけをしたのも、そういうもくろみがあったからだ。

ではこのあたりで答え合わせをしよう。

❶人間の「言いたいこと」は数種類しかない。それを一七音に入れたら「私を見て」一種類になる。そんなもの作者以外読まない。

いっぽう「言いたいこと以外のこと」は無限だ。俳句は自分の意図にではなく言葉に従って作るものだ。だから自分で思いつかない表現が出てくる。自分の発想の外側に着陸できる。坪内稔典(ねんてん)さんも言うとおり、感動したから書くんじゃなくて、書いたから感動するのだ(『坪内稔典の俳句の授業』黎明書房、一九九九)。

「自分」なんて全員同じだが「言葉」は無限だ、と思える人は俳句に向いてます。

❷最低限、次の五つのルールを守れば俳句は作れる。

(1) 俳句は原則一七音(上五+中七+下五)。
(2) 上五・中七・下五のあいだにスペースを入れない。
(3) 句末あるいは句の途中に「切れ」が入る。
(4) 季語は一句につき原則一個。
(5) 季語の説明をしない。

腕しだいで「ルールのうまい破りかた」もある。ルールは熟知しておこう。うまく破るために。

❸どう手直ししても不細工な俳句になってしまうばあい、その内容が俳句向きでないか、あるいはあなたの腕がその内容向きでない。そこで無理に「言いたいこと」にこだわると、「自分の心に正直ならそれでいい」と考えて、文法・語法からずれた言葉をうっかり使ってしまうことがある。これは恥ずかしい。

「自分の言葉で表現しろ」なんて言うけれど、言葉は本来他人のもの。私たちは全員それを借りて使っている。規則や慣習に従ったくらいで損なわれる「言いたいこと」など、もともとひ弱な「言いたいこと」だ。

俳句では「もともと言いたかったこと」より「結果」のほうが大事。自分より言葉のほうが偉いのだ。だから後者のために前者を平気で捨てるのが正解。これができない「言葉より自分のほうが偉い」人は無理に俳句なんかやらなくていい。

❹季節感は季語が担当してくれる。当面は、季語以外の部分になにを書いてもいいが、季節感だけは書けない、くらいに思っていたほうがいい。

❺〈をりとりてはらりとおもきすすきかな〉は飯田蛇笏（一八八五―一九六二）の句。俳句という小さな形式では、スペースもひとつの文字と同じものだと考えたい。スペースは、それがないと意味が変わってしまうというときまでとっておこう。「五　七　五」でスペースを入れるのは交通標語だけにしてくれ。

❻「しじま」とか「闇」を使うと大人っぽい、というのはヴィジュアル系バンドにかぶれて歌詞っぽいポエムを書いてる中一女子の発想。この手の「ポエマー」は、いまや清里ペンション趣味に汚染されてしまった「宵闇」「風花」などの季語が大好きだ。とはいえ「宵闇」「風花」にもともとそういうニュアンスはなかった。そういうことは歳時記が教えてくれた。

❼俳句界の紋切型辞典である阿部筲人の『俳句　四合目からの出発』に、こんなくだりがある。

だれが示唆したというわけでもないのに、初心者が最初に作る句は、必ず、柿がたった一つ梢に残り、必ず、夕陽が照らす。

星や灯は必ず「瞬く」と表わし、センチな人は「うるむ」と言います。雨は必ず「しとど」に降り、果物は必ず「たわわ」に生ります。紅葉や赤いカンナは必ず「燃え」、空や水や空気は必ず「澄む」で、帰路は必ず「急ぐ」とし、自転車は、必ず「ペダル踏む」とやります。

『俳句　四合目からの出発』（一九六七、のち講談社学術文庫）

柿が「ひとつ」で星が「瞬く」、そういうのが詩でしょ、という先入観を持つ人は多い。そういう表現が好きな人にかぎって、俳句を作って悦に入る。逆にこれらの表現が恥ずかしいと思っているまともな言語運動神経の持ち主は、不幸にして俳句を作らない。そういう「まとも」な人こそ俳句をやるべきなのに。

❽文語俳句と口語俳句、どちらが優れているということはない。でもこれだけは言える。「俳句としての最低合格ライン」にとりあえず達するだけなら、口語より文語のほうが百倍ラク。口語だと、最低合格ラインに達するだけでそれなりのセンスが問われる（詳

しくは第六章で説明する）。そして俳句では、センスはなによりも技術にあらわれるのである。

俳人は路上でギターを弾き語りするソングライターではなく、「季語」と「それ以外」という二枚のディスクを選んでつなげるＤＪだ。ＤＪの「心」は知識と選曲センスと技術にしかない。技術の否定イコール俳句の否定。言葉を自己都合で使う人はギターを持って路上に出てってくれ。

❾「まるで〜のようだ」という発想は、俳句にするとしばしば幼稚になる。

国語の時間に、「月が照っていました」ではなく「お月さまが笑っていました」と擬人法で書くクラスメートを見て「けっ……」と鼻で憫笑（びんしょう）する。あなたがそんな可愛げのない小学生だったなら、あなたは俳句に向いている。

❿俳句の先生がやっている既存の句会は雑誌やウェブで探せるけれど、そこにいきなり出るのはちょっと敷居が高い。そもそも俳句を作ろうにも、知識も経験もない……。

だいじょうぶです。俳句経験ゼロでも、一句も作らなくても、句会には参加できます。俺がそうだったんだから。

俳句は、高度に知的な言語ゲームである

俳句を始めたきっかけは、同僚に誘われてたまたま見学した、職場の句会だった。その顛末(てんまつ)は本文でくわしく述べる。

句会というのは、数人で俳句を持ち寄り（投句）、だれがどの句を作ったかわからないようにして人気投票し合い（選句・披講(ひこう)）、ああでもないこうでもないと評を述べ合う（句評）ゲームのことだ。

言葉（日本語）という膨大なリソースを存分に使って遊ぶから、言葉へのリスペクト（と疑い）がない人には楽しめない。大人のゲームなんですよ。俳句の醍醐味は句会にある。「俳句をやるのは句会のため、句会をやるのは飲み会のため」なのだ。

二〇一一年六月、トークライヴ形式の公開句会「東京マッハ」を始めた。初回のメンバーは俳人の堀本裕樹、ゲーム作家でライターの米光一成、小説家の長嶋有と私の四人。「観客を入れてお代をいただく句会」は前代未聞の企画だったらしい。

「東京マッハ」vol.1（渋谷アップリンクファクトリー）は意外にも満員御礼で終わった。八〇人のお客さんにも、ただ観覧するのではなく、選句（人気投票）という形で参加していただいた。お客さんのおかげで楽しい時間になったし、お客さんにはいろんなことを教わった。

なぜそんなに受けたのかはともかく、やってるこっちは当然おもしろい。同年一〇月のvol.2（阿佐ヶ谷ロフトA）では俳人の池田澄子さん、翌年四月のvol.3（新宿ロフトプラスワン）では小説家の川上弘美さんを迎えた五人で句座を持った。いずれも満員御礼。第三回の来場者は約一五〇人だ。

信頼できる人たちとやる句会は、ほんとうに楽しい。俳句は自分を表現する文学ではなく、相手に預ける文学なのだ。

そしてもうひとつ。俳句は短いのではない。俳句は速いのだ。

少ない字数で一行書きされた俳句は、目にしたつぎの瞬間刺さる。先端が小さいから、圧が一点に集中してこっちに刺さってくる。ヘタをすると刺さったまま一生抜けない。なんてズルい詩型なんだ。

「高尚で風流」、「年寄り臭い」、「国語の授業で習ったアレ」、「古典の素養が不可欠」といった先入観をいったんチャラにして、俳句を「自分の外に出るためのゲーム」として捉えなおす。本書はそういう本だ。

そして、みなさんに句会を楽しんでいただくための本でもある。知識ゼロからスタートして、最短で句会ができるように考えてある。この本を読んで、みなさんも句会というゲームを楽しんでみてください。

俳句いきなり入門　目次

校正　大河原晶子
DTP　岸本つよし

第一章　句会があるから俳句を作る

俳句では作者以上に読者の仕事が大きくて、自分の俳句を作ることよりも句会で他人の俳句を読むことのほうが俳句を支えている。「俳句を作るために句会を開く」のではなくて、「句会を開くために俳句を作る」と私は考えている。句の意味は作者が決めるものではなく、その場の優れた読み手たちが会話のなかで発見するものだからだ。

それはまあ、たんに俳句をうまく作るのだったら、動詞や形容詞を減らすとか、語調を整えるとか、いろいろ技術的なことは言える。

けれど、なんのためにうまく作るのか？

いい俳句を作れたとして、そもそも私はだれに読んでほしいのか？

これを考えると私はいつもここでストップしてしまう。自分がいい俳句を作ることは、私にとって魅力的な目標ではないのだった（わかってます。作る能力の有無は度外視して書いてます）。

それより世界でまだだれも見ていない他人の俳句の出現に句会で立ち会うのが楽しい。そしてその場にいるみんなでその句を肴(さかな)にああでもないこうでもないと与太話をするのが楽しい。もちろん自分の句がみんなの肴になればなお楽しい。

ウェブなどで垣間見るかぎり、詩歌の世界には自作を読んでほしいばかりの「ポエマー」な人たちがいっぱいいるらしい。怖い。

もし俳句を作るなら、そうじゃなくて信頼できるノリの人、洒落(しゃれ)のわかる人のウケを取りたい、というか取れるような句を作りたい。

で、作るためにはまずそういった人たちと句会を開く必要がある。逆に言うなら、そういう人たちに愛想を尽かされないような句評ができる必要もある。

ということは、いい俳句を作ろうと思ったら、洒落のわかる人と句会を開くのが、いちばん楽しくていちばん手っ取り早いということになる。

1 俳句を支えているのは作者でなく読者である

人生初の句会

十数年前のこと。以前の職場で、初めて句会というものに出た。その句会が、私の俳句を作ってくれた。以下、そのときのようすを書いてみよう。句会とはどのようなものか、大雑把にイメージしていただけると思う。

句会を始めたよ、と同僚が言ったのは、ある年の花見の席だった。夜桜を見ながら、

「俳句かー……。おもしろそうですね」

と相槌を打っていたが、正直、

「俳句かー……。興味ねーな」

と思ってもいて、すぐには参加しなかった。思えば馬鹿なことをした。

句会を「見学」に訪れたのは、それから九か月あまり経った冬の終わりのことだった。なぜそんな殊勝な発心(ほっしん)を、といまでも不思議だが、たぶん退屈していたのだと思う。

「一句も作ってないんですけど、見に行っていいですか」

と言ったら、それでもＯＫだというから、行ってみたわけです。

冬の夕方、職場の小さな一室。その回の出席者は、男性四人、女性ひとり、プラス見学者の私、計六人。

さっそく「投句（出句）」が始まった。

投句とは投句用紙もしくは短冊に俳句を書いて提出することだ。職場の句会では短冊を使った。

「俳句を短冊に書く」というと、金箔銀箔を散らして裏打ちした立派な細長いカードに、宗匠頭巾の先生が筆でさらさらと書くさまを思い浮かべるかもしれない。

でもたいていの場合は、Ａ４コピー紙を細長く切っただけのものである。そのペラペラの短冊に鉛筆やシャープペンシルやボールペンで、みなさん自作の句を書いていく。もちろんこの句会のために作った未発表の新作。「ここで一句」というのではなくて、みんな小さな手帖に俳句を用意してきて、それを短冊に書き写している。このネタ帖のことを「句帖」というらしい。

ちなみにこの句会はお題のない「当季雑詠」（その季節の季語を使った自由演技）の句会だった。句会における「お題」は、その語（字）を使って俳句を作るのがルール。前もって出されているのが「兼題」（新聞や雑誌の投稿欄のお題はこれ）、その場で出されるのが「席題」。「縛り」というのもある。こちらはその語が含まれていなくても、句がそのテーマに沿っていればOK。広義の「お題」は、「縛り」も含む。

みな黙々と書いている。手ぶらでやってきた私は、その沈黙の時間をぼんやりと見ていた。デクノボーである。

句の書かれた短冊は、裏面を上にして、ランダムに「切った」状態で積んである。ひとりあたりの出句数にはとくに制約はないようだった。ひとり五、六句程度、合計三〇句弱は出ただろうか。

つづいて「清記（せいき）」である。まず、提出された短冊を、出席者（句を出していない私を含む）の数で割る。ひとりの出席者の前に、四、五枚の短冊がくる。各自、割当ぶんの句を一枚の用紙に書き写していく。これが「清記」となる。

私は投句していないから手ぶらだが、他の人は割り当てられた短冊に自作の句も混じっていることだろう。なに喰わぬ顔をしてそれも用紙に記入していく。

清記用紙に写し終わった俳句は、転記ミスがないかどうか何度も確認したあと、番号を振る。コピー機で清記を人数ぶんコピーして配布した。この用紙は句の人気投票（選句）の投票用紙という意味で「選句用紙」ともいう。

こうして各人の手もとに、全六枚の清記用紙コピーが配られることとなった。この段階で、どの句がどの作者であるかを、筆跡から判定することは不可能となる。

ちなみにコピー機がないばあいには、記入済の清記用紙を時計回りに回していって、各人が手もとのメモに気になる句（あるいは全句）を筆写していって……というやりかたがある。ちなみに公開句会「東京マッハ」では、出演者は事前にメールで運営スタッフに投句、それをもとに作成された選句用紙が当日、出演者・来場者双方に配布される。出演者も来場者も、同時に選句を開始することになる。

句会のハイライトは「句評」

つぎは「選句」。

司会者が「二八句なので、特選一句、正選五句、逆選一句、という感じでいきましょうか」と呼びかける。先生がいなくて全員横並びでやるこういう句会を「互選句会」という。互いに選び合う句会。先生がいる句会では、先生が特選・秀逸・佳作というふうに好きな句数だけ選ぶケースが多いらしい。

「選」の種類について少し説明しておこう。

「特選」というのはいちばん好きな句。

「正選」（「並選」ともいう）というのは、いちばんではないけれど好きな句。

そして、「逆選」というのは、「文句をつけてやりたい句」のこと。ただ「好きじゃない」句を選ぶこともあれば、「なぜか引っかかる」「惜しい」など、「気になる」句に投じることもあって、その場その場で各人が自由に解釈している。句会によっては逆選を採らないこともあるようだが（波風が立つのだろうか）、私は「逆選」を一服の清涼剤と考えている。

ここからシンキングタイム。投句・清記・選句と、句会の前半は沈黙のなか、ひたすら筆記用具の音だけが響く。

私はなんの予備知識もなく手ぶらで会場入りしたので、机上にあるだれかの国語辞典と歳時記を使ってよいと言われた。句に使われている言葉の意味がわからなかったり使用法とか活用が疑わしかったりしたときに、国語辞典と歳時記が頼りになる。作句のときだけでなく、他人の句を読解するときにも、同じくらいに必要になるということだ。

初めてのことで、どの句がいいものやら正直よくわからない。というかこの時点で好き嫌いすら覚束ない。

司会者が全員に「選句終わりましたか?」と訊ねてきた。まだの人がいたので、もう少し待ってまた訊いてくる。全員の選句が終わったらしく、「では点盛りに入ります」となる。時代劇で胴元が博徒たちに「丁方ないか、半方ないか、……丁半出揃いました」と言ってるような感じ。

順に、正選、特選、逆選を発表していく。各人、正選は複数あるので清記用紙順に、「二番」などと番号を言ってから、句を読み上げる。これを「披講」という。

ひとりひとりが選句を発表していくあいだ、参加者たちは手もとの清記用紙コピーの「点」欄(あるいは句のそばの空白部)に、だれがその句を採った(句に点を投じることを「採る」という)のか、あるいは逆選をつけたのか、記録していく。同時に、所定の計算方法にしたがって、点数を集計していく。この一連の流れを「点盛り」と呼ぶ。

句会によって計算のしかたはいろいろあるようだが、この句会では、特選二点、正選一点、逆選は点数にはカウントしない。私がやっている公開句会「東京マッハ」でも同じ。

作者がここで名乗りを上げる句会もあるが、私が参加した句会ではこの段階でも作者は名乗らない。まだ伏せておく。

こうして、点が集まった句（高得点句）、得点の低い句、ノーマークの句など、いちおうの結果が出る。しかし句会の目的は人気投票ではない。このあとが句会のハイライト、「句評」だ。

通常、合計点の高い句から取り上げることが多い。作者がわからない状態で、評をし合う。点盛りの発表以上にドキドキする場面だ。

作者はだれだかまだわからないけれど、その場にいる。その面前で句を読解し、評価の理由を述べる。

人の意見を聞いていると、自分ではチェックしきれなかったことがいろいろあるらしいと気づく。脳髄を搾って選んだつもりだったのだが、自分の選はザルのようなものであった。

メンバーの人たちは「切れ」という語をさかんに口にしている。季語というものがあるのは知っているが、切れというのは知らなかった。これが季語以上に俳句にとって重要な概念であることを私はのちに知る（知ったいまもちゃんと理解した自信はない）。

ひととおり意見が出たところで、司会者が「作者はどなたでしょう」と聞く。すると作者が名乗りを上げる。

本格ミステリ小説にはクローズドサークル（閉鎖状況）の犯罪をあつかったものがある。犯人がこのなかにいる、という場面で、「犯人はここから入って、こうやって犯行に及び、こういう手段で密室を作ったのです」などと名探偵が推測を述べたあと、真犯人が「そうよ私よ、よくおわかりねオホ、、、……」と出てくる。作者の名乗りとはそんなものだ。

「句会」というものはおおよそ、以上のような流れで進行する。じっさいに句会に出てみて、わかったことがいくつかある。

まず、いい句を作ることや、いい句だと褒められることよりも、まだ世界のだれも見ていない他人のいい句に出会うこと、その魅力の理由を発見することのほうが、喜びが大きい。

また、いい句は偶然できることもあるが、いい読みは偶然では絶対にできない。イケてる句を作るかどうかではなく、イケてる句評ができるかどうかが、句会での「モテ」を決定するのだった。

俳句というものが、高尚で風流な創作行為ではなく、お上品な社交でもなく、スポーツやカードゲームにも似た勝負であり、カラオケや茶事にも似た遊びである、ということが句会に出てみて初めてわかった。

さて、厳しくも和(なご)やかな句会が終了して、

「あの句はやっぱりきみだと思ったよ」

「この句をあの人が作るとは意外」

などと、みなさん緊張がほぐれたと思ったら、司会者が言った。

「じゃあ、二ラウンド目行きましょうか」

え？

出席者たちは、小さなメモ帳（句帖）を開いて、つぎはどの句を出そうか選び始めている。もう短冊を手もとに引き寄せて、書き始めている人もいる。

この人たち、出し切ってなかったんだ……。余力があるんだ……。

司会者は私に、使い込んでボロボロになった角川書店の『合本俳句歳時記』第二版と国語辞典と短冊を手渡し、こう言うのだった。

「一五分あげるから、これでなにか一句作ってみましょう」

え、俺も俳句作るの？

そんな密室殺人なんか、じゃなかった俳句なんか、俺にはできないよ。

どうする千野帽子？ （第三章につづく）

2　一句も作らなくても句会はできる

「作らない句会」をやってみる

「まえがき」で、私は「俳句経験ゼロでも、一句も作らなくても、句会には参加できます」と書いた。

それをこれからやってみよう。私なりの句会の定義は、

・数人で俳句を持ち寄り（投句）
・どれがだれの句かわからないようにして人気投票し合い（選句・披講・点盛り）
・ああでもないこうでもないと評を述べ合う（句評）

というゲームだった。

俳句なんか一句も作ったことがない、まったくの初心者でだけでも、これからお読みいただく方法なら、句会を開くことができる。一句も作らずに。

句会のいちばんのおもしろさは、じっさいに俳句を作ることにはない。他人の俳句を読んで人気投票したり、みんなであれこれ評し合ったりすることのほうにある。句会にとって「より本質的な」楽しさは、作句ではなく句評にある。だからそっちを味わってみるのが先決だ。

また、句会をやるのはひとりでは無理だ。だれが作者か簡単にわからないようにするためには、最低四人は必要。同志を三人見つけられれば、四人でパーティを組むことができる。全員が俳句経験ゼロでもいい。むしろ未経験者のほうがいい。

ノリが合う人、馬鹿話できる人、洒落のつうじる人と、四、五人でまずはパーティを組んでみてほしい。そんなにたくさん見つからなければあなたと、仲のいいだれかでコンビを組んでもいい（どうしても無理なら、あなたひとりでもいい）。

そして、各自、国語辞典と歳時記と筆記用具を持参のうえ、集まってほしい。

で、肝心の俳句はどうするか。作らないのだから手元にあるはずもない。

次に三〇句が並んでいる（季節はバラバラ）。これを使おう。

1　竹馬やいろはにほへとちり〴〵に

2　きらきらと蝶が壊れて痕もなし

3　水飯のごろ〳〵あたる箸（はし）の先

4　春の灯や女は持たぬのどぼとけ

5　夏痩せて嫌ひなものは嫌ひなり

6　嬰児抱き母の苦しさをさしあげる

7　頭の中で白い夏野となつてゐる

8　くちびるに触れてつぶらやさくらんぼ

9　春麻布永坂布屋（ぬのや）太兵衛かな

10　煖炉灼く夫よタンゴを踊らうか

11 丸善を出て暮れにけり春の泥

12 秋灯を明(あか)うせよ秋灯を明うせよ

13 一句二句三句四句五句枯野の句

14 大仏の冬日は山に移りけり

15 つはぶきはだんまりの花嫌ひな花

16 芥川龍之介仏大暑かな

17 みんな夢雪割草が咲いたのね

18 女郎花(をみなへし)少しはなれて男郎花(をとこへし)

19 人ゆきしひとすぢのみち鳥世界

20 庖丁の含む殺気や桜鯛

21 パンにバタたつぷりつけて春惜む

22 鐘が鳴る蝶きて海ががらんどう

23 風鈴の音が眼帯にひびくのよ

24 蛍(ほうたる)の国よりありし夜の電話

25 春の夜のわれをよろこび歩きけり

26 いまは亡き人とふたりや冬籠(ふゆごもり)

27 障子しめて四方(よも)の紅葉を感じをり

28 きしきしときしきしと秋の玻璃(はり)を拭く

29 日あたりてまこと寂しや返り花

30 荒地(あらち)にて石も死人も風発す

※各句の作者は50頁に掲載。

	選		点
1		竹馬やいろはにほへとちり〴〵に	
2		きらきらと蝶が壊れて痕もなし	
3		水飯のごろ〳〵あたる箸の先	
4		春の灯や女は持たぬのどぼとけ	
5		夏痩せて嫌ひなものは嫌ひなり	
6		嬰児抱き母の苦しさをさしあげる	
7		頭の中で白い夏野となつてゐる	
8		くちびるに触れてつぶらやさくらんぼ	
9		春麻布永坂布屋太兵衛かな	
10		煖炉灼く夫よタンゴを踊らうか	
11		丸善を出て暮れにけり春の泥	
12		秋灯を明うせよ秋灯を明うせよ	
13		一句二句三句四句五句枯野の句	
14		大仏の冬日は山に移りけり	
15		つはぶきはだんまりの花嫌ひな花	
16		芥川龍之介仏大暑かな	
17		みんな夢雪割草が咲いたのね	
18		女郎花少しはなれて男郎花	
19		人ゆきしひとすぢのみち鳥世界	
20		庖丁の含む殺気や桜鯛	
21		パンにバタたつぷりつけて春惜む	
22		鐘が鳴る蝶きて海ががらんどう	
23		風鈴の音が眼帯にひびくのよ	
24		螢の国よりありし夜の電話	
25		春の夜のわれをよろこび歩きけり	
26		いまは亡き人とふたりや冬籠	
27		障子しめて四方の紅葉を感じをり	
28		きしきしときしきしと秋の玻璃を拭く	
29		日あたりてまこと寂しや返り花	
30		荒地にて石も死人も風発す	

清記（選句用紙）の例

❶清記（選句用紙）を作る

上のような感じで、少なくともA４以上の大きさの紙に、三〇句を一覧できるように書き写す。もちろんパソコンで作っても可。

書式は自由だが、番号、自分の選、点を書きこむ欄を作っておくと便利だ。これを人数分コピーしたら準備完了。

❷選句

パターンはいろいろあるが、まずはひとり八句選んでほしい。八句の内訳は特選一、正選六、逆選一。

選句のしかたについてもう少し説明しよう。

・選句は真剣に。

・周囲の人に相談しないで自分の責任で選ぶ。

・朗読しない。他の人の集中力を殺がないように。どうしても口に出したくなったら口パクで。
・読みかたや意味がわからない語があるなら、国語辞典や歳時記を使って調べること。調べてもわからないばあいもあるが、できるかぎり手を尽くす。
・句の意味はできるかぎり理解しようとする。けれど最終的には、「完全にわかる気がするけどそんなに好きじゃない句」と「わからないところがあるけど、なんかいいよな、と思える句」だったら、後者を採る。
・いきなり特選と正選の七句を選ぶのは難しい。まずは「予選」として、気になる句だけを片っ端からマークしていく。選句用紙の「選」の欄や句が書かれている欄の空きスペースなどに印を直接書きこんでいく。予選に残った句のなかから、最終的に特選一句、正選六句に絞りこめばいい。心が決まったら、どの句が何選かはっきりわかるように、特選は☆、正選は○、逆選は×などと「選」の欄に書きこむ。

❸披講・点盛り

さて、全員が選句を終えたことを確認したら、ひとりずつ選句結果を発表していこう。

選句は人気投票だが、あくまで記名投票だ。名乗ってから自分が選んだ句を正選、特選、逆選の順に読み上げていく。まず自分の名前のあとに「選」をつけて、これから発表しますよと宣言する。私なら「千野帽子選」と言う。

そのあとはたとえば、「正選六句。二番、きらきらと蝶が壊れて痕もなし、きらきらと蝶が壊れて痕もなし（二回繰り返すと親切だ）。七番、頭の中で白い夏野となつてゐる、頭の中で白い夏野となつてゐる。……」などと正選を発表、ついで「特選、何番、……」「逆選、何番、……」。

人が発表しているときには、だれがどの句に特選・正選・逆選をつけたかも記録しておく。例えば千野帽子が正選・特選・逆選にした句なら、その句の下に「帽」「帽☆」「帽×」とか。

ひととおり選句結果の発表が終わったら、点数を集計してみる（以上、点盛り）。けっこうこのあたりからドキドキしてくるはずだ。自分が特選に選んだ句の点が伸びれば妙に嬉しいかもしれない。逆に、他の全員が採っている人気句を自分が採っていなかったら、そのことで不安になってしまうかもしれない。

集計結果はどうなっただろうか。あなたが特選に選んだ句は、人気が高かっただろうか。それとも、あなただけが評価した句だろうか。意外にも、だれかほかの人が逆選をつけていたかもしれない。

❹句評

いよいよ句会のハイライト、句評だ。ひとりが司会役となって、合計点が高いものから、採った人を中心に、意見を交換してみよう。

といっても、少人数でやっているのだから、点が散ってどの句も〇〜二点、最高点が三点止まり、ということもあるだろう。そういうときには、特選や逆選がついた句を優先的に取り上げていく。

たとえば一番の〈竹馬やいろはにほへとちり〴〵に〉。これはどんな句だろうか。

この句はどんなことを言おうとしているのだろうか。

採った人はこれを採ることで他の句を落としたのだし、採らなかった人はこの句を落としたわけだから、全句の選択について各自が責任を負っている。他のだれも採らなかった句を自分だけが採っていたばあい、とくにその責任を感じることだろう。

そんなときに「この句じゃなくてもよかったんだけど」という前置きをする人がいる。こういう逃げは聞いていてちょっといたたまれない。「お前あいつとつき合ってんの？」と聞かれて「べつにあいつが好きってわけじゃないよ。だれでもよかったんだけどね」と答える男子中学生というか、弁当を蓋で隠しながら食べる感じ？「自分の好みがバレるのが恥ずかしい」という発想は見ているほうが恥ずかしくなる。「少なくとも選んだときは、これがいいと思って選んだんだ。だってこの句のココがいいじゃないか。なんで採らなかったの？」という気持ちで、他人を説得するつもりでいこう。できたら、その句を採らなかったことを後悔させてやる、くらいな勢いで。句によってはほんとに「この句の魅力がわからないなんて！」とみんなを憐れんだりするようにことになるかもしれない。

もちろん、「この句にはこういう弱点がある。でもそれを補えるだけの魅力もある」なんて弁護のしかたもある。クールな感じでカッコいい。

逆のケースもある。自分が採らなかった句について、採った人のコメントを聞いているうちに、「この句にはそんな意味があったのか」と気づかされることがあるかもしれない。逆に「こいつセンス悪いな……」と思うこともあるだろう。

他人の句評を聞いて「そういうふうに読めるのか！　俺気づかなかった……」と思うばあい、「この句スゲェ！」という気持ちとともに、「それを読み取ったコイツ、イケてる」という尊敬の念、さらには恋心へと発展することだってじゅうぶんにある。

自分が採った句について、採ったくせに自分が気づかなかったことがある、なんてこともよくあることだ。自分が指摘できなかったその句の意味を他人に指摘されると、

「コイツうまいこと言いやがって……」と悔しくなる。素直に「お前凄いな」と褒めて度量を見せるか、「うん、それ俺も言おうと思ってたんだよね」と乗っかっていくか。

　さっき「ギリギリのところでわからないところがあるけど、なんかいいよな、と思える句」は採ったほうがいい、と言ったのはこれだ。その句のよさをだれか他の人が説明してくれるかもしれないのだ。

　俳句経験ゼロでも、すぐに始めることができたではないか。これが句会だ。これであなたも、もう句会経験者である。

「ちょっと待ってください。いまのはただの人気投票でしょ？　句会っていうのは、自作を持ち寄ってするものなんじゃないですか？　辞書には〈俳句を作り、批評し合う集まり〉って書いてありますよ」

　うん。世間的にはそういうことになっているようですね。

　でも私の考えは違う。

「句を出すこと」が句会の参加条件ではない。「他人の句を読んで投票し、句評すること」が句会の参加条件だ。

　このような考えかたはたぶん従来の俳句の世界には存在しない。俳句業界的には完全に間違っているんだろうな。

でも、俳句の入門書なんて何百冊もあるのだし、一冊くらいはこういうことを書く入門書があったっていいだろう。

句評のためにこそ歳時記を読む

俳句を作らなくても句会はできる。また、自分が気に入った句について、全部わかり尽くす必要はないし、そんなことは不可能だ。意味わかんないけど気になるから出す、それくらいがいい。

でも俳句を読むには、最低限、言葉にたいする敬意が必要だ。わからない語があったら、辞書や歳時記を駆使して、字義くらいは押さえておこう。わからない単語が含まれている句に惹きつけられる、ということは日常茶飯事だ。わからない単語があるからこの句はやめとこう、などと辞書も引かずに決めつける人は、時間の無駄だから（自分にとっても、句会のほかのメンバーにとっても）句会なんかに出ないほうがいい。

毎夏、ある大学の一年生を対象に俳句のワークショップをやっている。そこでもまず、「作らない句会」から始める。要するに、自分では作らないで句会に参加するようなものだ。言葉の木目に逆らった読みをしたらすぐにバレる。たとえばこれを特選に選んだ子がいる。

人それぐ〵書を読んでゐる良夜かな　山口青邨

「この句のどこがいいと思った？」

「雰囲気がいいと思いました。何人もの人が同じ場所にいるけれど、みんな黙って、てんでに好きな本を読んでいる。充実した時間なんじゃないかなーと」

「じゃこの句の季語って？　季節はなに？」

と訊くと、選んだ子は固まる。

「え、季語……（そういえば俳句に季語ってあったような……）」

「良夜」とは十五夜もしくは十三夜の、ちゃんと月が照っている晩のこと。

この子は〈良夜〉をなんとなく「イイ感じの夜」という意味だと決めつけちゃって、秋の季語だって気づかぬまま「いい句だ」って言っちゃったんですね。

いいんですよ知らなくたって。良夜なんて言葉、俳句でもやらなきゃ知らないもの。

責められるべきは「知らない」ことではない。責められるべきは「わかってないのにわかった気になっちゃった」こと。ついやっちゃうんだけどね私も。

「これなんだろう」って思って辞書や歳時記を引く。こんな簡単なことが意外にできないものだ。でも、知らない言葉をわかった気になっちゃっていいとか悪いとか言っちゃうとカッコ悪いんですよ。

アンソロジーを使った「スタンド句会」

さて、さっきの「作らない句会」が楽しくできたなら、こんどは俳句のアンソロジーを使って、もうちょっと違う形の句会をやってみよう。

サンプルとしてここでは、平井照敏（しょうびん）編『現代の俳句』（講談社学術文庫、一九九三）を使うという想定で説明する。版元品切重版未定だが、古本で探せば入手できるはずだ。

これは高浜虚子以降、昭和戦後までの近代俳人一〇七人の代表作を選りすぐったアンソロジーだ。ひとり三～九頁ずつ、句数で言えばひとり三〇～一〇〇句くらいずつ。俳句をやっている人がよく知ってるヒット作もたくさんある。

で、これを最初から熟読……しない。初心のころの私もそうだが、俳句を読み慣れてない人は、こういうアンソロジーだと一〇句か二〇句読んだところで疲れきってしまう。

俳句を読むには読むほうの瞬発力が欠かせないのだけれど、慣れてないと瞬発力の使いかたがわからない。力の入れどころ抜きどころがわからないので、集中できなかったりヘトヘトに疲れたりする。それなりにコツをつかんできたとはいえ、私もいまだに句集は苦手だ。難解な小説や学術書のほうがまだラクだと思えるときもある。

ではどうするか。アンソロジーに名を連ねる特定の俳人を自分の代役に立てて句会をするのだ。荒木飛呂彦の人気バトル漫画『ジョジョの奇妙な冒険』に出てくる「スタンド」（さまざまな超能力をキャラクター化したもの）になぞらえて、「スタンド句会」と名づけよう。「スタンド」にピンとこない人は、麻雀なんかでいう「代打ち」のことだと思ってもらえばいいです。

順を追ってやりかたを説明する。

❶自分のスタンド（俳人）を選ぶ

まずは俳人選びだ。『現代の俳句』の目次を開けてみる。

最初が「高浜虚子」。国語の教科書に出てくる超有名俳人だ。俳句を知らない人でも名前くらいはご存じだろう。出版社社長で映画プロデューサーとしても知られる「角川春樹」や、かつて東大総長・文部大臣だった「有馬朗人（あきと）」も名前をご存じのかたは多いと思う。

句会は「どれがだれの句かわからないようにして投票する」のが大前提なので、選句用紙の見た目でネタばれしてしまうような人はとりあえず外しておこう。たとえば、

「尾崎放哉」「種田山頭火」はこのアンソロジーのなかで例外的な自由律（いわゆる「五七五」ではないもの）だからすぐわかっちゃうし、あらかじめ書いておくと「高柳重信」「林桂」も多行表記の句（改行のある俳句）が中心だから見た目が違いすぎる。それ以外の俳人から各メンバーがひとりずつ選ぶ。四人でやるなら、四人全員が知らない名前を選ぶ、ということにしてもいいかもしれない。

性別はこのさいどうでもいい。自分と違う性別の俳人を選んでみるのも一興だ。どの俳人がどんな句を作っているか知らないまま、俳号（俳人の筆名）の雰囲気で決めてしまおう。この時点で、あなたたちは目次しか見ていない。

各自がどの俳人を選んだかは全員に明らかにしよう。複数のメンバーが同じ俳人を選んでいないと確認する必要があるからね。

たとえばあなたは「三橋鷹女」という名前を選んだ。名前の字面がカッコいいからだ。でもなんと読むのか知らないので、みはしたかめ、などと読んでいるかもしれない。それでいい。間違ってるけど。

マリンスポーツ経験者のAさんは「波多野爽波（そうは）」を選んだ。爽やかな波、うーん、ビーチボーイズみたいだ。

Bさんは「中村汀女（ていじょ）」を選んだ。ひょっとして『まごころを、君に』を書いたミステリ作家の汀（みぎわ）こるものさんのファンだからかもしれないし、『ちびまる子ちゃん』に出てくる「みぎわさん」が好きなのかもしれない。

Cさんは「岸本尚毅」を選んだ。小学校のときの初恋の人がナオキくんだったから。そんな理由、ほかのメンバーには言えないけど。いいよいいよ、言わなくていい。

❷自分の投句カードを作る

はい、そうしましたら各自、自分が選んだ俳人の掲載頁を開いて、最初の二頁をコピーする。そこには二〇句、掲載されている。これは自分が選んだ俳人の頁だけ。他人が選んだ俳人の頁は見ないこと。

最初の頁には各俳人の略歴や写真が載ってるから、俳号の読み仮名を見ておくこと。「みはしたかめ、じゃなくてみつはしたかじょ、なのね」

略歴それ自体は読まない。そういう知識は「スタンド句会」では邪魔になる。顔写真を見て「三橋鷹女……これがきょうの私だな」とか余計なこと考えなくてもいいです。

さっきやった句会と同様に四人でやると仮定して、その二〇句のなかから、各自七句ずつ選ぼう。大事なことは、ひとりあたりの句数を完全に同じにすること。慣れないと読むのがたいへんなので、全員の合計は三〇句を超えないほうがいい。

次に、自分の選んだ七句の短冊を作る。コピーからその七句を切り出してもいいし、決まったサイズの紙を用意しておいて書き写してもいい。

❸選句用紙を作る。以後「作らない句会」と同様

各自七句ずつ短冊を出したら、順番をバラバラにして全員ぶんを台紙に貼り、各句の上の余白に右から順に番号を書いていくと、さきほどのような清記用紙ができあがる。これを改めて人数ぶんコピーして選句用紙を作り、あとは選句、披講、点盛り、句評と、同じ要領で句会をやる。

ただ選句のルールがさっきと違う。さきほどは本書が用意した句一覧だったが、こんどはあなたたちがひとりひとり選んでエントリーした句だ。

このとき、自分が出してない句から一定数選ぶ。逆選もつける。だからさっきとったコピーは手もとに置いておくこと（コピーから切り取ったばあいは、出した句を別途メモしておくこと）。間違って自分（三橋鷹女）の句に点をつけないためにね。

点盛りが済んで句評タイムとなった。自分が選んだ三橋鷹女の句が選ばれて他の三人が論じているあいだ、それが自分が選んだ鷹女の句だとバレない程度に、黙りすぎず喋りすぎず、浮かないように振る舞おう。これも自作が取り上げられているときの句会と

同じ。

句評が終わったら名乗りだ。大きな声で、

「鷹女です」

と名乗ろう。このために読み仮名はちゃんとチェックしておいたのだ。

こうして、近代・現代の巨匠たちを自分の分身のように使ってゲームをすれば、四人の巨匠の初期代表作二八句について、少なくとも真剣に読むという体験、真剣に論じるという体験ができる。読みの難しさ、読みのおもしろさを感じることができること請け合いです。

「知識ゼロ」だからできる句会がある

『現代の俳句』で何回かやったら、こんどは宗田安正編『現代俳句集成』（立風書房、一九九六）でやってみてもいい。こちらも新本では入手できないが中古では買える。こちらなら、あのマルチアーティスト「寺山修司」や超人気俳人「池田澄子」もスタンドにすることができるぞ！

既存の俳句で人気投票をして、自分が選んだ理由について話し合う。これはもう句会だ。だれひとり自分で俳句を作ってないだけで。自分たちで一句も作らなくたって、句会はできる。読みの楽しさを知ることができる。

俳句初心者にしかできない遊びってものがある。俳句の知識が増えると、有名な句を入れたアンソロジーでこういう遊びはできなくなるのだ。

初心者だから、「これを作った人は偉い人なんだ」などという先入観もなく、ただ言葉の技術だけを俳句に見ることになる。無記名性を極限まで純化した、素人だけの遊び。これによって、まえがきで列挙したような、「俳句とはこういうものだ」という初心者なりの思いこみを撃破することもできる。

ちなみに本書冒頭に用意した三〇句は、二〇一一年の初冬、日経BP社で、連載「投句教室575」の相方である俳人・堀本裕樹と、じっさいに『現代の俳句』を使って句会をおこなったときのものだ（逆選はつけなかったが）。

そのときは、五人の俳人は私たち千堀（千野、堀本の俳句ユニット）が選んだ。しかし各自二〇句のなかから六句ずつ選んだのは、男女五人の俳句初心者たちだ。

アンソロジーを使った句会は、絶好の「読みのトレーニング」。これと決めた俳人の二〇句から七句を選ぶのは、俳句を作るようになったときについて回る「自選」の練習にもなる。自選では、句帖に書きつけてある自作を「他人の句」として読めるかどうかがキモになるのだ。

こうした「作らない句会」は、経験者がやってもおもしろい発見があるはずだ。「自分の読みをリセットする」ことができるから。ダマされたと思ってやってみてください。

参考まで、32─34頁に紹介した全句の作者をここに記しておこう。いずれも近代俳句のビッグネームである。

久保田万太郎（一八八九─一九六三）……1、9、13、16、21、26
高屋窓秋（そうしゅう）（一九一〇─一九九九）……2、6、7、19、22、30
星野立子（たつこ）（一九〇三─一九八四）……3、12、14、18、24、27
日野草城（そうじょう）（一九〇一─一九五六）……4、8、11、20、25、29
三橋鷹女（一八九九─一九七二）……5、10、15、17、23、28

俳句のための句会ではなく、句会のための俳句

句会はDJやある種の演芸同様、ミニマルな台本をもとにした即興性の高いパフォーマンスだ。

「ミニマルな台本」とは、投句者が出した句をランダムな一覧にした例の「清記」である。

ここに並ぶ句がその日の句会の材料となる。

句を出すか出さないかは句会への参加にとって決定的なものではない（そりゃ出したほうが当人は楽しいと思うけれど）。それよりメンバーが他人の句をちゃんと読んで批判したり褒めたりできるかどうか。句会の楽しさが実現するかどうかはそこにかかっている。

遠慮して黙りこんでしまう人。無難に褒めて切り抜けようとする人。頑固に自説を主張するだけの人。読解力がなくて洒落の通じない野暮ったい人。負けん気だけでぜったいにひとこと文句をつけたがる人。社交や人間関係にしか興味のない人。

こういう人が句座にいると、どうにも句会の雰囲気が味気なくなって、中座したくなってしまう。

こういった人たちは共通して、他人が出した句にたいする興味がない。自作を他人に読んでほしがるくせに、他人の句をちゃんと読む気はない。そもそも読む力がない。

私が二〇一〇年までの九年間、俳句をやめていた理由もここにある。転職・転居を機に、「句会をいっしょにやりたい人たち」と離れてしまったからだ。

ほかの句会に出てみたが、そこで出会った俳人の大半が「自分が俳句を出すことが句会だ」と考えていた。彼らの世界では、句会はたんなる作品発表の（つまり文学的な）場であるらしい。たしかに「俳句は文学である」という考えかたからするならば句会とは「俳句を作って発表するための場」である。彼らにとっては「俳句のための句会」ということになっている。句を作って持っていかなければ、句会に参加したことにならないらしい。

私の考えは真逆です。

「投句しないけれど選句・句評はちゃんとする」という人がいれば、その人たちも同等の資格で句会に参加している、と思う。私のなかでは重要度から言って「句会のための俳句」になっている。

句会の盛り上がりを決めるのは、くどいようだが作句よりもむしろ読み、句評である。俳句を作るのは句会のため。句会を開くのは飲み会のためなのだ。

前例のない公開句会「東京マッハ」

長らく俳句から遠ざかっていたけれど、二〇一一年に堀本裕樹と連載でコンビを組んだのをきっかけに句会を再開した。その後、ゲーム作家、米光一成とも私的に句会を開いた。そのとき別用で参加できなかった小説家の長嶋有を加えた男四人で、ライヴハウスで公開句会「東京マッハ」をやることになった。

公開句会というのは知るかぎり前例のない企画なので、知らない人にはとりあえず、私たちが句会をやるのを入場料とってお客さんに見せる、と説明するしかない。

けれどじっさいにやっているのは「私たちがやっている句会を見せる」ではない。「来場者全員（九〇～一五〇人）で句会をやる」である。

たとえば、二〇一一年六月にやった「東京マッハ」vol.1は、壇上の四人がやっている句会を八〇人あまりが「観ていた」のではなく、「九〇人弱で句会をやってそのうち四人が投句者だった」のである。何度も書くが、句会とは句の良し悪しではなく読みの良し悪しを競う場なのだ。

「東京マッハ」vol.1でこういう句が出た。

薫風を左に乗せてサイドカー

長嶋有の小説デビュー作『サイドカーに犬』にちなんだ「挨拶句」だ。

挨拶句とはその日の場所や季節や日柄、句会の相手などにちなんで作った句のことで、原理的には、季語のある俳句はすべてその季節にたいする広い意味での挨拶句と考えることができる。ここではもう少し限定された用法で、句会の場やメンバーにちなんだ言葉や文字を（ばあいによっては暗号のように）埋めこんで作った句と考えてください。

作者は堀本裕樹。彼は長嶋有・米光一成とは初対面で、開場二時間前に初顔合わせだった。挨拶句をいわば「仕込んできた」わけだ。

この句が長嶋有への挨拶句だいうことはすぐにわかった。この句に点を投じた長嶋有の読みは、「サイドカーが無人であるということを、無人であるという言いかたをしないで、かっこよく言ってみせた。サイドカーが走行中であるということもわかる。挨拶を抜きにしてもふつうにいい句」というもの。

もとの一句と、たとえばこういった読みとが合わさったときに、初めて「俳句」が完成する。読んで評する。また他人の評を聞く。俳句が俳句となっているのは、その最中だけなのだ。

この句の真の驚きは、作者が名乗りを上げてから訪れた。作者自解で、季語「薫風」は『サイドカーに犬』に登場する薫という女の子にちなんでいるというのだ。私たち三人、だれも気づかなかった。俳句は判じものではないから、見破らなければならない筋合いのものではないが、ちょっと悔しい。

意味は他人が作ってくれる

「東京マッハ」vol. 2では池田澄子さん、vol. 3では川上弘美さんを新たに迎えた。それぞれの回で、ほかの出演者とのあいだで挨拶句が交わされた。

句会で意味が「発見」されるのは、もちろん挨拶句ばかりではない。「東京マッハ」vol. 1では、〈さかづきに金魚といふ名の肉を放つ〉という句について、「かっこいいことをやろうとしている」「気取ってる」感じがするという理由で長嶋有が逆選、まったく同じ理由で米光一成が正選。同じ理由で正選にも逆選にもなる。こういうことがおもしろい。

金魚のぷるんとした感じが出てる、これって耽美な句なのか、それとも人間ポンプみたいな話なのか、などと私たちが壇上で言っていると、客席から「これって盃に赤い口紅がついたということなのではないか」という意見が出て、さらにべつのお客さんからは「絵付けをしているのでは？」との解釈、それにたいして米光一成が「だとすると赤江瀑の小説みたいな世界」と返す。

句を作ったとき、人間ポンプも口紅も絵付けも、作者である私はまったく考えてなかった。自分の句にたくさんの意味があると知れて嬉しかった。

自分の句にどんな意味があるかは、句会にならなければわからない。句会になればわかる。意味は他人が作ってくれる。

巻末に、「東京マッハ」vol. 1からvol. 3までの全投句を収載した。東京マッハに来場したつもりで、選句・句評してみてください。

3　俳句は「私」の外にある

桑原武夫の「第二芸術論」

先に、「作らない句会」として、アンソロジーを使った句会のやりかたを紹介した。これが「俳句を読む」ことのよいトレーニングになるとも書いた。

このやりかたは、これから俳句を始めようというずぶの素人にこそ、「俳句は読むことから始まる」ということをわかってほしくて、私が勝手に思いついた。私自身、師匠について俳句を習ったことがないから、結社や俳句教室がどうやって俳句を教えているかまったく知らない。

俳句の世界のことに詳しい堀やん先生は、「こんなメソッドは聞いたことがない。どこの俳句教室でも結社でもやってないんじゃないかなあ」と言う。

そうかもしれない。多くの俳句教室の先生は結社の主宰・幹部クラスの俳人だ。いかに作者名を伏せてであれ、高浜虚子・飯田蛇笏・阿波野青畝（あわのせいほ）・水原秋櫻子（しゅうおうし）・中村草田男（くさたお）・加藤楸邨（しゅうそん）など神々のごとく崇（あが）められている近代俳句の巨匠たちの句を「選」する、逆選も選ぶ、などという、巨匠への信仰心を損ないかねないことはやらないだろう。

一九四六年、フランス文学の研究者で批評家でもあった桑原武夫が俳壇に物議を醸(かも)したことがある。

俳誌からランダムに大家（と言われる著名俳人）たちと無名会員の句を取り出して、みなさんこれ区別つきますか、つかないでしょう、少なくともごっちゃになっちゃう可能性を排除できないでしょう、こういうのって芸術じゃないよね、みたいなことを言ったのだ。いわゆる「第二芸術論」というやつだ。

桑原が俳句や短歌といった短詩型を〈第二〉芸術と呼んだのは、つまり亜芸術、準芸術という扱いだった。

> 平生俳句をたしなまず、また作句の経験の皆無な私は、これ〔俳誌に載っている俳句〕を前にして、中学生のころ枚方(ひらかた)へ菊見につれて行かれたときの印象を思い出す。あんどん作り、懸崖(けんがい)づくり等々、各流それぞれ苦心はあったのだろうが、私は優劣をつける気も起らず、ただ退屈したばかりであった。
>
> 「第二芸術　現代俳句について」『第二芸術』所収（講談社学術文庫、一九七六）

要するに、セザンヌの絵が一流で、だれそれの絵が二流で、という話ではなくて、俳句という分野全体が分野として小説や音楽や絵画彫刻に劣ると言いたかったらしい。一流の俳句といえども二流の油彩画と同列に論じられないという感じだろうか。

ここだけ見ると誤解されそうなのでつけ加えておくと、桑原はなにも芸術至上主義の立場から「俳句なんてお稽古ごとだ」と批判したわけではない。桑原の他の文学論を読むとわかるが、彼は文壇とか俳壇とかいった「壇」のムラ社会っぽさが嫌いだったように見える。

むろん、桑原の「芸術」概念が二一世紀のいまから見て古いとか、西洋中心すぎるだとか指摘することはたやすい。

なんなら「俳句わかってねえなー」と言うのだってたやすい。でも桑原はなんの痛痒(つうよう)も感じないだろう。

桑原には俳句をわかる気がないし、わかる気がないのは自由だし、桑原のような政治・歴史から大衆文化まで論じる当時最高のインテリから見て、俳誌ってものがどうにも滑稽(こっけい)に見えたという話だ。

句会の本質は無記名性にある

私は、だれかが言わなければならなかったことを桑原はちゃんと言った、と思う。俳句業界の（俳句の、ではなく）ダメな部分をみごとに言い当てていた。

印刷されて完成した俳句作品、つまり「動きを止めた状態での俳句」を基準として考えれば、大家とド素人の句の区別がつかない可能性があるのは困るかもしれない。

そう思うと、桑原が取り上げた大家のなかに中村草田男が入っているのは、桑原の勘の鋭さを物語る。

草田男や石田波郷（はきょう）といった人たちは、俳句を私小説的な心の叫びに近づけた人で、作者本人の人生を知らないと、あるいは作者のキャラ（作者本人が作り上げた、「こういうふうに見てほしい俺像」）を全面的に受け容れないとイマイチおもしろく読めない句がけっこうある。そういう読みを読者に要求してくるところが私なんかは苦手だ。

いっぽう、私が桑原武夫の当該文章に接したのは、句会のおもしろさにずぶずぶハマっていった、俳句を始めて三か月程度のころ。「俳句は句会のため、句会は飲み会のため」と考える私は、もう昂奮して昂奮して、「桑原さん、俳句のおもしろいところをよくぞご指摘くださいました！」な気分だったし今もそう。

近代芸術は、作品と作者の名前がセットになった世界だ。国語の教科書に俳句がどんなふうに出てきたか思い出してみればいい。作品のすぐ下だか横だかに作者の名前が書いてあって、後ろのほうには作者の顔写真と簡単な紹介文がついている。

作品は作者の心の叫びだと言わんばかりの、近代芸術っぽい考えかたをするのが、国語という科目の特徴だ。

そのうえで私は俳句の、「近代芸術とは違う部分」が好きだったりする。〈第二芸術〉ってのはうまいこと言ったなあ、Art 2.0（笑）ってことでしょ。

句会の場では無名じゃなきゃゲームが成立しない。清記のなかで名人の句と素人の句の区別がつかないのは、むしろ必要不可欠な条件なのだ。

ふたたび「読み」が大事な理由

先に書いた俳句初心者向けのワークショップをやっていてわかったことのひとつ。最初に俳句というものを見た段階でコメントがすでに豊かな人は、早く伸びるらしい。

ちっぽけな一七音の背後に多大な情報量を幻視することができる人は、少量の言葉であっても、大量のなにかを他人に喚起させることができるということを感覚的に知っている。だから作句に際しても、自分の少量の言葉に大量のなにかを託して発射できる。言い過ぎない。

いっぽう、何年もやってるのに俳句がダメな人には、残念ながらつける薬はない。

なぜか。

「俳句ってこういうものだ」というガンコな汚れがその人たちの句歴の長さに比例してこびりついているからだ。この人たちは、「俳句とは自己表現である」という国語の授業的な思いこみを訂正されぬままきちゃったのだ。

「こんな私をわかってもらう」ための手段として俳句をとらえている。俳句教室や同人誌にはそういう人たちばかりが集まってくるから、その根本的な勘違いを修正される機会がない。当然、自分の俳句を読んでほしいだけで、他人の俳句をちゃんと読む気がない。そして、作者である自分の意図を言葉の木目より大事にする。

その結果、「こういう内容を言いあらわそう」と考えて、それを表現するために言葉を捜す段階にとどまり続ける（第三章で述べるが、私はこの段階を「第一段階」と呼んでいる）。「自分の意図をわかってもらう」ためなら、なぜ一七音でリズムも決まってて季語も切れも必要なこんな縛りだらけの形式を選ぶのだろう。ふつうにもっと長い文章書けばいいじゃん。

俳句では自分より言葉のほうが偉い。この点でお笑いに似ている。芸人がどんなに素敵な「自我」を抱えていたとしても、私たちは彼の芸を通じてしかその自我の姿を垣間見ることはできないし、芸が素敵なら彼の「自我」とは無関係に彼は素敵な芸人なのだ。
言葉を無自覚に自己都合で読んだり使ったりすることはみっともない。ルールを破るなら破るなりの覚悟が必要だ。

「俳句は文学である、自己を表現するものである」という国語の授業的な思いこみは、「自分」というちっぽけな器のなかに自分の俳句を囲いこんでしまう枷にしかならない。「自分」の外にある言葉は無限なのに。

土芳（姓は服部）が一七〇二〜〇三年にまとめ、死後公刊された俳論『三冊子』には、土芳の師・芭蕉の〈俳諧は三尺の童にさせよ〉という発言が記録されている。

この言葉は通常、大人＝経験者は「うまいこと作ってやろう」という邪念が邪魔してペラい句を作っちゃうよ、無私の心がいちばんだよ、という意味に取られている。

でもひょっとしたら、「俳諧とはこういうものである」という思いこみが邪魔しちゃうんだよ、初心者はそういう思いこみがないからいいんだよ、という意味で芭蕉は言っているのかもしれない。

歴史家のダニエル・J・ブーアスティンにこういう言葉がある。

地球や諸大陸や大洋がどんな形をしているかを発見するうえで最大の障害となった

のは、無知ではなく、自分たちに知識があるという錯覚だった。

（*The Discoverers*, 1983）

「俳句とはこういうものである」という錯覚のない者だけが、「自分」という矮小な村を出て言語の大洋に漕ぎ出していくことができるのだ。

俳句とは「こういう内容を言いあらわそう」と考えて、それを表現するために言葉を捜すのではなく、いい結果を目指して、「×××という言葉を使おう」と考えてそれに合わせるためにべつの言葉を捜すものだということが、いい仲間といっしょに句会を何回かやっただけで腑に落ちる。

だから、「俳句をやるならまず句会」なのです。

第二章

俳句は詩歌じゃない

俳句を作らなくても句会はできる。もちろん自作の句を持ち寄って句会を開くこともできる。作句技術の話に入る前に、本章では、俳句という形式について私が考えてきたことを書いておく。

それは、ひとことでいえば、「俳句は、自分の言いたいことを言うものじゃない」ということ。このことをわかっていないと、いくら技術論をやってもムダだと思う。

この本で言いたい最大のことは、「言いたいことがあるなら俳句なんて書くな」ということだ。あなたの俳句の最大の敵は、あなたの「言いたいこと」なのだ。

俳句は言いたいことを言うための形式ではないし、まして「言わなければならないこと」を俳句にするなどというのは欺瞞（ぎまん）もいいところである。

前章で述べたとおり、「言いたいこと」というのは、俳句では「私を見て」と同義になってしまう。言わなければならないような大事なことは、ふつうに文章に書くか口に出すかにしてください。

俳句がそういうものである理由は、この形式が本質的に持つ「速さ」「開放性」「ゲーム性」「対話性」「散文性」による。

それぞれの話に入る前に、俳句のごく基本的な条件を確認しておく。

（1）俳句は原則一七音。
（2）上五・中七・下五のあいだにスペースを入れない。
（3）句末あるいは句の途中に「切れ」が入る。
（4）季語を入れて作る。季語は原則一個。
（5）季語の説明をしない。

いずれも例外はあるが、まずはこの基本原則をもとに話を進める。

1　俳句は速い

俳句は音読に向いてない

私はさっき、〈言いたいことがあるなら俳句なんて書くな〉と書いた。

俳句って「書く」ものなの？「詠む」ものなんじゃないの？という疑問を抱いた人もいることだろう。

じっさい、俳句を「書く」と言う人に、私自身あまり会ったことがない。

俳句をやっている人はたいてい「俳句を作る」と言う。「今回の句会はひとり五句という規定なので、一二句作って五句に絞って投句しました」とか、「この季語ではうまく作れないなあ」とか、そういうふうに使う。私も「俳句を作る」なら言う。いちばんニュートラルな言いかただ。

私は俳句を作ることを「俳句を詠む」と言わない。好きな言いかたではない。

たしかに「詠む」とは、詩歌を作るという意味である。詠という字には「詠（うた）う」という訓もある。声を長ーく出して、ときにはメロディをつけて、詩歌を朗読・朗唱すること。ひいては、詩歌を作るという意味もある。朗詠という熟語もある。

でも俳句は短歌ではないから、歌ではない。厳密には詩歌ですらない、と考えている。音の響きやリズムといった口誦（こうしょう）性がまったくどうでもいいというわけではないが、最終的には字で見てこそ俳句なのだ。

詩人の佐藤雄一は、ヒップホップに触発された詩歌の朗読イヴェントをやってきた。二〇一二年六月には声優による朗読イヴェント「こえサイファー」を開催し、作品を一般公募した。選者は「短歌」部門では加藤治郎・黒瀬珂瀾（からん）・佐々木あらら・東直子・雪舟えま・吉川宏志他、「自由詩」部門では大谷能生（よしお）・粕谷栄市・北川透・栗原裕一郎・坂上秋成・千野帽子・野村喜和夫・間宮緑・吉田アミ他。

俳句部門はない。いずれできるのかもしれないけど、正直言って俳句は朗読に向いてない。一七音しかない俳句は定食屋の壁に貼られた「おしながき」のように一瞬で目に刺さる。音読なんかしてられない。音読では遅いのだ。目に刺さるまでにほんとはわずかでも時間はかかってるし、句会や本で気になった句は脳内で音声化する。けれどそれは「お、ミックスフライ定食か……」と二度見する程度のものだ。

俳句で大事なのは、時間の経過じゃなくて字面。「短い」んじゃなくて「速い」。「詠む」っていう言い方は、聴くのに時間のかかる「歌」を前提としたもので、「作る」よりちょっと風流ぶった感じがする。俳句を始める前に私が勝手に空想していたような、宗匠頭巾をかぶって、金箔を散らし裏打ちをした短冊に筆で俳句をしたためているような間違ったイメージ。「したためる」という表現もいい加減風流ぶりだが。

俳句って、そんな風流なものではない。俳句なんてものは、居酒屋で箸袋を裂いてボールペンで書く程度のものである。だから私は俳句を「書く」「作る」と言っている。

なお、俳句を「ひねる」と言う人がいるが、風流ぶりの極みですね。俳句を「ひねる」とかいう鈍感な奴は俺がひねり潰してやるからそのつもりで。

2　俳句は「モノボケ」である

言いたいことがあるときは俳句なんて書くな、と書いた。人間の「言いたいこと」などせいぜい五〜八種類（千野調べ）。まして一七音で言える「言いたいこと」など高が知れている。

いっぽう「言いたいこと」以外のことは無限にある。人間の脳はそんな融通が利かないので、ふだんは言いたいことしか言えない。「言いたいこと以外のこと」を思いつくほど自由ではない。

でも俳句のように字数、季語、切れ、といった条件を満たしながら言おうとすると、自分の「言いたいこと」よりもそっちを優先するので、できあがった句は「言いたいこと以外のこと」になっている。自発的には出てこない言葉の並びになっている。作った本人がまず「なんだこりゃ？」という感想を抱く。

一発芸としての俳句

この点で俳句は一発芸である。句を作った本人も、作った瞬間には句の意味がわからない。作った本人は作者でありながら最初の解読者でもある。

一発芸のなかでも、一番近いのはお笑いでいう「モノボケ」だろう。ピースの又吉直樹さんがモノボケという即興性の高い芸について書いている。

> 「モノボケ」といって、人形、ヤカン、バット、長靴、刀、一輪車など様々な小道具を使って何か面白いことを言ったり演じたりするという類の芸があるのだ。モノボケを行う際、僕は特に何も考えずモノに身を任せる。すると言葉が自然と出てくる。その時、僕から出る言葉はモノの言葉でもある。少なくとも、その物体を持たなければ僕から自然に出ることは無かった言葉だ。
>
> 『第2図書係補佐』（幻冬舎よしもと文庫、二〇一一）

モノボケだったら、舞台にあるモノのどれかを使わなければならない。俳句だったら季語を使わなければならないとか、一定のルールがある。場合によってはその日見たものを入れる縛り（嘱目）とか、各自一題ずつ出題して全員が総当りで即興的に俳句を作る席題大喜利（袋回し）などと、ルールを足して一時的にゲーム性を高めることがある。

逆に言うと、決まりごとさえ満たしていれば、なにをやってもいい。むしろ制約があるせいで、これまでどおりの「それらしいこと」をやってはならない、というプレッシャーが高まる。

そうやって作った句が、自分で意味不明なこともよくある。心配いらない。句会に出してしまえば、たいていはだれかが「これってこんな意味だろう」と、その句の意味を作ってくれる。苦しまぎれに作った出鱈目フレーズを、目をつぶって「ごめんなさい！」と投句してみたら、句会メンバーに、

「いや〜、この句は深いな〜」

なんて言われて、こちらがまったく想定していなかった意味を解説されてしまうこともある。そうなるともう「自分が作った」というより、「言葉に作らせられた」ようなものだ。こうして自分の狭い発想の外に出ることができる。

又吉さんは私と堀本裕樹との鼎談で、モノボケについてこう語っている。[*1]

又吉　僕はもうひたすら舞台の袖を覗き見してたんです。それで「これは、おそらくモノボケのコーナーで出される小道具なんやろうな」というものが積まれていたら、もう1人でずっとそれ見て。でも「これで何ができんのやろう。何も思い付かへんな」とか、「思い付いてもおもろないな」という感じやったんで。
そこで、「何でおもろないんやろう」とか考えていくと、やっぱり全部言うてもう

てる。全部説明してもうてるという。〔……〕

モノボケにしても、これ（手元のペットボトル）を例えば「東京タワー」と言ったのでは見たままですよね。そこで「親分、今月分のお水です」とボケたら、その世界ではお水が何かそういうのになってんのかなということやから、まだ広がっていると思うんですよ。

千野　今、「今月分の水です」の前に「親分」ってつけたでしょう。親分ということは、言っている人は子分なんだと思う。

堀本　関係性をちらっ、と見せている。

千野　そうそう。どんな状況なんだろうと思いますよね。何だろうと。

堀本　裏に物語があって。

千野　そうそう、ストーリーがあるんです。

又吉　俳句もそうですね。

全部言わない、一部分だけ言う、残りは自分で決めずに、観客・読者にゆだねる。モノボケも俳句も、自己完結していない。開放されている。対話なのだ。

又吉さんはまたお笑いにおける即興性や飛躍について、〈「用意したものだけで何とかなる大喜利ライブ」があったとしたら、いまいち盛り上がってないかもしれない〉と言った。自分で事前に用意できるものの「外」に出なければ、それはおもしろくならない、ということなのだ。

俳句のルーツは連句というゲームだった

俳句のルーツが「連句」だとわかれば、俳句が対話的であるということもわかるだろう。連句というのは、複数の人たちが連なって遊ぶゲームだった。

一句目（五七五）のあとにべつの人が七七をつけて意味を広げる。その七七にこんどは下の句担当者以外の人がべつの五七五をつけて、でも最初の五七五とはまったくべつの展開をする。そしてまたべつの人が七七をつける。以下同様に続く。付合（つけあい）文芸としての俳諧連歌（連句）はこのようにして成立した。

五七五（発句（ほっく）。明治時代に独立して「俳句」になる）
七七（脇）
五七五（第三）
七七（以下が平句。ただし最終の挙句（あげく）を除く）

連句では、五七五（長句）にせよ七七（短句）にせよ、句によって作り手がバラバラである。連句は、座というフィールドにおけるパスの連携で成立している。俳句はもともとこの連句のキックオフである発句（一句目）が独立したものである。

二句目（七七）以降は、直前の句にたいするレスポンスとしてしか書けないが、発句（冒頭の五七五）だけは、自由に創作することができた。ただし「季語」と「切れ」が必要とされた。このふたつは現在の俳句でも原則として必要とされている。それぞれ第四・五章で説明する。

以下、脇（二句目、七七）・第三（三句目、五七五）、つぎの七七以下のすべての平句、そして挙句（最終句）まで、かなり厳しいルールが規定されている。どう考えてもこれはゲームだ。そして対話だ。

奇数番目の平句は五七五で、切れや季語は必須ではなく、人間関係のこと、恋のこと、神仏のこと、なんでも入れることができた（ただし連句のどの位置にどのテーマが来るのかについては細かいルールがあるから、好きな主題の句を好きなタイミングでリリースするわけにはいかなかったが）。発句以外の五七五部分は、その後独立して川柳となる。

川柳は「あるあるネタ」

俳句は一発芸、厳密に言えばモノボケだ。モノボケを始め、一発芸というものは、見ている人を「わかる人とわからない人」に分けてしまう。俳句でも「その句のよさがわかる人」と「その句のよさがわからない人」が出てくる。

これにたいして、同じ五七五でも川柳は「あるあるネタ」だ。みんなが理解できるものをめざそうとする。正確に言うと、「みんなが意味がわかるもの」を作ろうとする。

つまり、川柳では「意味がわかる」ことがなにより大事なのにたいして、俳句では「よさがわかる」ことが大事で、「意味がわかる」の部分は二の次ということだ。だから、「意味がわかるものしか、よさがわからない」という人には俳句は無理なんです。

企業や団体、自治体などが川柳を公募すると、たいへんな数の応募があるらしい。第一生命のサラリーマン川柳(通称「サラ川」)はそういった川柳公募の代表格だろう。世間的には俳句人口がたいへん多いということになっているが、主催団体公式サイトや『公募ガイド』誌にお題川柳の募集が出た直後の川柳人口は、瞬間的にものすごく増えているのではないだろうか。

芭蕉とか中村草田男のシリアスで人生論ぽい作品が有名なせいか、俳句は堅苦しいお芸術と取られることも多いようだが、いっぽうで俳句も川柳も笑いのセンスが大事であると言われる。笑いがなければ俳句ではない、という意味ではない。笑い、というから極端な感じになる。俳句では飛躍が必要だなどと言われるが、この飛躍がときとして「意表を衝く」ことにつながるという話だ。

明治の川柳作家・阪井久良伎(くらき)は、川柳は〈横の詩〉だ、と言った。大所高所からの意見ではなく市井の人々の共感を呼ぶ発見や表現、それが川柳だ、という感じだろうか。また、俳文学の研究者として名高い復本一郎も、川柳の笑いは〈穿(うが)ち〉の笑いだと言う。「うがつ」とは、「世のなかのモノゴトの本質を衝くようなうまいことを言う」ということ。

とすると、サラリーマン川柳などの現代の川柳が、五七五形式による「あるあるネタ」であることがよくわかる。以下、第23回サラ川ベスト10から。*2

「先を読め!」言った先輩　リストラに　　山悦

すぐ家出　諭吉はわが家の　問題児　　甘下り

体脂肪　燃やして発電　出来ないか　　ちょびっと

「あるあるネタ」の着地点は常識、共通理解にある。「あるあるネタ」の作者は観察眼や「もっともらしさ」の才能が問われるのだ。だから川柳（少なくともこのタイプの川柳）の「意味」は、おもしろさを犠牲にしてまで共通理解を重視する。それを「おもしろい」と思うかどうかは個人差があるが、句がなにをおもしろいものとして呈示しているか、については、読み手のあいだで意見の相違が出ない。

川柳は、文脈を共有する人全員に同じ意味を伝える。これが「横の詩」というやつである。たとえばサラリーマン川柳は日本の勤め人全員に同じ意味を供給する。オタク川柳は日本の全オタクに同一の意味を供給する。サラ川では、おもしろいかどうかよりも、とにかく意味がわかることが大事とされる。

いっぽう俳句は、すでに書いたように「あるあるネタ」ではなく一発芸、モノボケである。句の読みどころはクリアに一箇所に絞られるとは限らない。「あるあるネタ」では意味は全員にわかったが、俳句ではそもそも意味が全員に同じように伝わるとはかぎらない、というかそういうことはどちらかというと少ない。

そして俳句は、その句がなにをおもしろいものとして呈示しているかについて、読み手のあいだで意見の相違が出る。そのおもしろさを感知する人としない人とに、読者を残酷に二分してしまう。

「柳俳一如」「あるあるネタ」と「一発芸」とでは、良し悪しを判断する脳の働きが違う。などといって簡単に俳句も川柳も同じ土俵で勝負できると主張する人に会ったことがあるが、できるわけがない。あと私は、「みんなが理解できる」ものにそれほど長時間つきあうことができません。

一発芸っぽい川柳だってある

とはいうものの、私は俳句を始めたころに『現代川柳ハンドブック』を読んで、川柳として書かれたもののなかにも一発芸として読めるものがあるな、ということを知って驚いた。川柳作家の作品が必ずしも「あるあるネタ」として読まなければならないとはかぎらないらしいのである。

思わず並べてみたくなる川柳と俳句のペアも思いつく。

巨大迷路ついに一人も出てこない　　石川重尾

「月光」旅館
開けても開けてもドアがある　　高柳重信

こんなペアもある。

まだ言えないが蛍の宿はつきとめた　八木千代

じゃんけんで負けて螢に生まれたの　池田澄子

後者は私を俳句の世界にかっさらった句。でも前者の川柳も衝撃的だった。八木千代は「俳人」ではなく「川柳作家」なのだそうだ。だから〈まだ言えないが蛍の宿はつきとめた〉の〈蛍〉は季語ではない。川柳に季語はない。

俳句の観点から見てグッとくる川柳には、ほかにもつぎのようなものがある。いずれも『現代川柳ハンドブック』から。

碁会所は碁の音がして十二月　榎田柳葉女(りゅうようじょ)

辯證の諸君見給へ無精卵　北村雨垂

いくさあれば　ふつふつと湧く　土下座の血　藤井比呂夢

人を焼く炉に番号が打ってある　柏原幻四郎

にんげんのことばで折れている芒　定金冬二

音もなく花火があがる他所の町　前田雀郎

尾藤三柳監修、現代川柳ペンクラブ編『現代川柳ハンドブック』（雄山閣出版、一九九八）

川柳専門の人から見たら、私は勝手に俳句流に川柳を読んで勝手なおもしろがりかたをしているのかもしれない。私にとってサラリーマン川柳は「意味は一〇〇パーセントわかるけどおもしろさはちょっとしかわからない」のにたいし、ここに挙げた川柳作品は「意味は完全にはわからない、そのせいでめちゃくちゃおもしろい」。つまり俳句のように読めてしまったのだ。

俳句なのか川柳なのかわからない句が出てくると、脳がちょっと困る。そういうのが厭だって人は、「そんな句は俳句としても川柳としてもダメだ」と言いたがる。

でも、小説でも美術でも音楽でも、未知のものに出会ったときに脳が一瞬困る状態を体験することで、新しい小説（美術・音楽）観が生まれてきた。自分がすでに知っているおもしろさのレパートリーのなかに分類できない俳句や川柳に出会ったとき、私は困りながら、おもしろがっている。

美意識（良し悪しの基準）がいつも隅々まではっきり固定しているのは、なんだか退屈だ。脳を困らせてくれる句と出会うために、私は句会を開くのです。

3　俳句は散文の切れっぱしである

俳句は人にゆだねる

俳句の成り立ちに戻ることにする。俳句ってのはもともと連句で、五七五のあとにべつの人が七七を、その七七にこんどはべつの五七五をつけて、展開するものだった。

それが成立するには条件がある。それは、各句が「全部言っていない」「一部分だけ言っている」「言ってない隣接部分がある」こと。つまり、「世界にたいして換喩的に構えている＝全部言わずに相手に預けている」からなのだ。

だって一句で全部言って完結しちゃったんじゃ、つぎの人の仕事がなくなるじゃん。

明治期に連句から俳句になった段階で五七五が独立した。だからって一七音で言えることが限られていることに変化はない。俳句って「全部言わない」「完結しない」のが大事なの。というか俳句って、一部分だけ作って、残りの意味は連衆（句会のメンバーたち）に口頭で作らせるものだと思うんですよ。読む側から見たら、「残りの部分を作りたくなる俳句がいい俳句」という感じです。まさに換喩。換喩という概念については、第七章で詳しく説明する。いまはとりあえず、俳句は自分だけで完結してしまわないものだ、くらいに考えていただきたい。

俳句って読んだ側が「これってこういうことだよな」「いや、こうじゃないか?」と会話する作業（つまりいろんな七七）へと開かれていくのが楽しいものじゃないですか。

ところがポエマーの俳句は「全部言っちゃう」「自己完結してる」「要するにひとりごと」だから、「いろんな七七」に開かれていかない。一七音で全部言ってしまっているので、読者が参加して補う仕事が残されていない。退屈だ。句柄の小さいこと小さいこと（「句柄が大きい」という褒め言葉があるので、真似して使ってみた。意味は正直よくわからない）。一七音で全部おしまいまで言えちゃうことなんてものすごく小さい。たいていは言い古されたテンプレ（テンプレート。定番発想）、うまくいっても川柳的な「あるある」（既知のことの再確認）止まりでしょう。

俳句はモノローグではない

アイヌの老婆のつぎのような聞き書きを読んだ。

〔……〕心で男なら男を思つて、人前で云へないことを、ひとり野良仕事などに出た時、若い時は可笑しなもので、『食ふ物も喉を通らない、仕事をする力も抜けてしまふ、今頃どう考へて居るのだらう、風にでもなりたい、飛んで行つてさはるもの、鳥にでもなりたい、飛んで行つて捕まつて啼くもの！』そんなことを、誰も聞く人がないと思ふもんだから木など叩きながら、ぼろ〳〵涙をながして、思ふ存分聲を出して、自分の節を付けていつまでも〳〵歌ふものだ、〔……〕

金田一京助『アイヌ叙事詩　ユーカラの研究』第一冊

（財団法人東洋文庫、一九三一）

この一節について、詩人で日本古典文学の研究者でもある藤井貞和・東大名誉教授はこう書いている。

> みぎの証言には歌謡の原初の何たるかの条件がぜんぶ出揃っている。だれか聞いているひとがまわりにいなくてもよい！　そして個人の曲節というものがある！
>
> 　だれに聞かれなくともうたうという原型が、うたわれなくなってからも、和歌なら和歌で見ると、独詠という、いわば自己との対話となって高い精神性を支えることができるようになる
>
> 『物語理論講義』（東京大学出版会、二〇〇四）

　あれれ、藤井先生、アイヌの老婆は〈聞いているひとがまわりにいなくても〉歌うとか〈だれに聞かれなくとも〉歌うなんて言ってませんよ。〈誰も聞く人がないと思ふもんだから〉歌うって言ってるんですよ。

〈聞いていることがまわりにいなくても〉歌うとか〈だれに聞かれなくとも〉歌うってことは、「聞いているひとがまわりにいるのがほんとうなんだけど」、というロジックになってしまう。ここ、「詩人・藤井貞和」が「学者・藤井貞和」をねじ伏せて、資料の虚心な読解をできなくしてしまったんだね。だって詩人って、他人に歌(ひとりごと)を聞いてもらうことが制度的に保障されてる人たちなんだもの。

アイヌの老婆が言ったことはむしろ逆で、〈誰も聞く人がないと思ふもんだから〉歌う、ってことは心の叫びってものは本来〈人前で云へない〉ものだという前提なのだ。まあ聞かせる聞かせないはべつとしても、詩は発話主体のモノローグとしてとらえられてきた。J・S・ミルは〈雄弁は拝聴されるものであり、詩は立ち聞きされるものである〉と言っている(*Thoughts on Poetry and its Varieties*, 1860)。

旧ソ連の文学理論家バフチンは、カーニヴァルこそ典型的なポリフォニー(多声)の場だと言っている。興味があるむきは、『小説における時間と時空間の諸形式』(一九三八執筆、北岡誠司訳、《ミハイル・バフチン全著作》第五巻所収、水声社、二〇〇一)、『小説の言葉』(一九三五執筆、伊東一郎訳、平凡社ライブラリー、一九九六)をごらんいただきたい。

またバフチンは、詩は言葉を純化して直線的に使うモノローグ(ひとりごと)、散文はいろんな言葉が流入し対話する不純なポリフォニー(多声)だと言ってる。だから詩が閉じてるのに比べて散文は対話だし動いてるしつねに未完結なんだ、開かれてるんだ、とも。句会という場の祝祭性はカーニヴァルそのものだ。私が「俳句は詩じゃなくて散文の切れっぱしだ」と言うのもバフチン的な意味で言っている。俳句は複数の人で作り合う散文の一パーツだ。

俳句の先生はよく「この句は散文的だからダメだ」などと、「散文的」という語をダメな俳句の悪口として使うみたいだけど、それって、自分が散文てものをちゃんと考えてこなかった無知を世間に晒(さら)してるだけなんだよね。

ポエム俳句の系譜

俳句は詩歌ではない。もちろんこれは私の考えで、こう考える人はたぶん少数派だ。ポエムっぽい俳句は苦手だ。俳句という形式でわざわざそれをやらなくてもいいじゃん、と思う。どういうのがポエムっぽいと感じるのか、私にははっきりした基準がある。「俺の心の叫びを聞け」って感じの心理主義、「私を見て」「私の思いに共感して」って感じの自我の吐露・爆発、意味がわかりきって「読み」の余地が少ない自己完結。こういったものがポエムの特徴だ。

自由律俳句の荻原井泉水(せいせんすい)、種田山頭火、尾崎放哉、「人間探求派」と呼ばれた中村草田男、加藤楸邨、石田波郷といった俳人の句には、ちょっとポエムっぽいものがけっこうある。

棹さして月のただ中　荻原井泉水

こゝに死ぬる雪を掻いてゐる　中塚一碧楼

この道しかない春の雪ふる　種田山頭火

せきをしてもひとり　尾崎放哉

真直ぐ往けと白痴が指しぬ秋の道　中村草田男

死や霜の六尺の土あれば足る　加藤楸邨

人はみな旅せむ心鳥渡る　石田波郷

こういうのは、**作務衣感が凄い**というか、なんかこう……遅いんだよな。俳句なのに。
大正初期に全国に広まった自由律俳句は口語を中心とし定型を脱しときに季語を排し、感情をそのまんまぶつけた感じ。俳句を名乗っていてもゲーム性はゼロ。自由律ってものすごく不自由律だし。自由律俳句のルーツは河東碧梧桐の「新傾向俳句」にある。新傾向俳句は破調・字余りが多く、心理主義的で生活密着型で、焦点をひとつに絞らない。俳句として読めばユルユルだが、けっこう心にひっかかるフレーズもある。〈曳かれる牛が辻でずっと見廻した秋空だ〉（河東碧梧桐）。

昭和一〇年代に注目を集め、戦後も強い影響力を持った「人間探求派」は、大正教養主義的な「苦悩する芸術家」像の再来といったおもむきがある。作者の生活や内面（と言われるもの）に俳句を沿わせようとする一七音の私小説を標榜していた。

ここでは作者の声が大きく読者の仕事の余地が少ない。悪く言えば押しつけがましい。作者の実人生を知っていることを読者に要求するような句もある。

これらは、俳句というよりは「一行詩」と呼ぶほうがしっくりくる。「心の叫び系」とでもしておこうか。

「心の叫び系」の俳句ってほんとは私小説書きたかったんだけど病気や多忙のせいで長い

文章書けないとか、長い文章書くのがたんにめんどくさいとか、そういう人の俳句だと思う。だったら私小説を読みたいな。

ただし自由律一行詩には一発芸としての側面もわずかに残っている。驚きと笑いと切ない近代的自我の共存だ。私から見るとそれがこの分野の存立根拠なのだ。自由律俳句のこういう魅力を教えてくれたのは、宮沢章夫『牛への道』（一九九四、のち新潮文庫）の尾崎放哉読解だった。現在、一発芸としての自由律一行詩の「もののあはれ」は、せきしろ＋又吉直樹の二冊の驚嘆すべき句文集に結晶している。

淋しい寝る本がない　尾崎放哉

死後も怒られる　せきしろ

フタをしめない主義なのか　又吉直樹

いまなお根強く支持される「山頭火的なもの」

種田山頭火は没後現在にいたるまで、「山頭火的なもの＝説教ヤンキー＝絵手紙ポエム」

の核として消費され続けてきた。「山頭火的なもの」の系譜には榊莫山・相田みつを・片岡鶴太郎などが含まれる。「山頭火的なもの」の需要の高さは、ラーメンチェーンの名に流用されることからもわかる。

そこには「人助け」的な側面があるから、「山頭火的なもの」の存在意義を一概に否定し去ることはもちろんできない。ただ、うちの近所のストリートカジュアル屋さんが毎晩、路上で店長（二〇代後半）と店員たち（ハタチ前後、全員男）による閉店後のミーティングというか総括というか気合入れみたいなことをやっているのを見てると、説教ヤンキー＝絵手紙ポエムって最終的には若年層に我慢を強いて搾取するためのヒロポンとして使われるんだよなーと思ってしまう。

「山頭火的なもの」の人生観は人間探求派にも受け継がれているように見える。

察しのいい読者はとっくにお気づきと思うが、こうした「ポエム的作品」の特徴は、本章の冒頭で私が俳句形式の魅力として挙げた「速さ」「開放性」「ゲーム性」「対話性」「散文性」とは真逆のキャラクターを持っている。いや、句会でこういう句が出ても、ちょっとくらいならカッコいいなと思うんですけどね。

碧梧桐から波郷まで、ここで挙げた「ポエムの源流俳句」作家たちはさすがに始祖だけあって、私が連載やワークショップで見てきたポエム俳句とは天地以上の差がある。

意識するしないはともかく、先人の「ポエム性」に憧れるポエマーが、実作や読解においてどのようなパターンを踏んでしまいがちか。これについては、第七章で書く予定だ。

注

＊1 「千堀の投句教室575」別館「飛び込め！ かわずくん」Vol. 55 ピース又吉、登場！「僕はおそらく、殺されるだろう」が生まれた瞬間『日経ビジネスオンライン』二〇一二年三月二三日

＊2 「第23回サラリーマン川柳ベスト10」第一生命ウェブサイト
http://event.dai-ichi-life.co.jp/company/senryu/23th/best_10.html

第三章　言葉は自分の「外」にある

これまでに書いたとおり俳句は「外に預ける」ものであり、句会の良し悪しは提出される俳句やその作者よりも、読む人・コメントする人の仕事で決まる。

しかし、たとえ「読み」が達者だったとしても、出した句がどうしようもない句ばかりだと、最初からハズレの合コンみたいな感じでいきなり「早く終わらないかな」という気持ちになってしまう。作句だって大事なのだ。

本章以降は、自作の俳句をもって句会をやるために、実作を想定して話を進めていこう。まず第三章では、俳句初心者がこの先進んでいくであろうプロセスと、大きな「構え」のようなものについて書く。私自身と、私が教えているクリエイター志望の学生たちの体験を参考に話をしていく。

まずは、私が初めて俳句を作ったときのことを書くことにしよう。

1　千野帽子、はじめての作句

いきなり振られた俳句作り

前回（21—29頁）**までのあらすじ**　話は十数年前、私が初めて出た句会にさかのぼる。

同僚に誘われ、互選句会を見学していた私は、第一ラウンドが終わるや、歳時記をいきなり渡され、一五分で一句作れと言われた――。どうする初心者？

「さて季語だが」

ほら初心者なもんだから、とりあえず季語入れとかないと、という気持ちが先立って、「まず季語を決める」などというかなり無理なことをしている。自発的に俳句を作るなら、こういう「季語を先に決める」なんてことは必要ないのに、といまにして思う。お題を出されたわけでもないのだから。

それにしても、当時の私は季語をまったく知らないのだった。私は季節感と無縁に生きているようなところがある。

冬の終わりの句会だから、季語は冬か早春のものを使うべきだろう（季節的にちょい前倒しの季語もOKらしいということは、一巡目の句会を見ていてわかった）。

「敢えて季節を言うなら、最近はよく筑前煮を作ってるな」

筑前煮を作って日本酒のつまみにするのが、当時の私の冬の楽しみだった。私に季節感にかんする取っかかりがあるとしたら、これくらいなものだろう。ここに行き着くまでに、五分くらいかかっている。

「筑前煮」って季語なのか? さっそく歳時記と相談してみる。歳時記巻末の五〇音索引を見るが、千草、竹秋、竹夫人……筑前煮という季語はない。

では「煮しめ」はどうだ? ……ありません。

ちなみに私の育った筑前地方では「筑前煮」という語はポピュラーではない。筑前の人は筑前煮を「がめ煮」と言うのだ。まさか方言の「がめ煮」が季語に……なってるわけがない。ありませんでした。

む。どうする俺。考えろ。考えるんだ俺。がめ煮にはなにが入っている?

蓮根だ。俺はがめ煮の野菜軍のなかで蓮根がいちばん好きな具材なんだ。

れ、れんこん、蓮根、蓮根……。蓮華草、蓮華躑躅、練炭。練炭て冬の季語か。……無えよ。蓮根無えよチクショー。

はっ、待て。蓮根とは蓮の根のことだ。はす。コレだ。はす、あるいは「はちす」。あった、……花が。夏の季語として。

花か。お釈迦さまが乗ってるあれか。……がめ煮には入ってない。

お、索引の「は」のところに「蓮根」の文字が! しかも(冬)って書いてある。やった。……蓮根掘る(冬)

掘る、か。……掘らねえな。掘ったことないよ。どうやって掘るんだあんな長いもの。

途中でぽきっと折れちまうんじゃないか。

こうして、デビュー俳句を大好物の蓮根で飾ることは夢と散った。


季語が決まらない！


蒟蒻（こんにゃく）「蓮根がやられたようだな……」

牛蒡（ごぼう）「ククク……奴は筑前煮四天王のなかでも最弱……」

里芋「歳時記ごときに負けるとは具材の面汚しよ……」

安心して。こういうときのためにプランBがあるわ！　とチャーリーズ・エンジェルなら言うところだ。なにしろがめ煮、筑前煮、煮しめ、なんでもいいが、この料理の特徴は、構成要素が多い点にある。どう見ても季語じゃなさそうな鶏肉は無視しても（ごめんな鶏肉）、まだまだ多士済々だぜ。

蓮根のつぎに好きな具材・蒟蒻があるじゃないか。蒟蒻が。蒟蒻は蒟蒻いもを加工して作る。もしや……

……蒟蒻干す（冬）

……蒟蒻掘る（冬）

ふつうに生活してたら、掘らないし、干さない。

「ぬううう。おのれ歳時記。儂をここまで追いつめるとは……」
もうすっかり悪の首領になっている。
「まあよいわ、第三の刺客を送りこむまでよ。出でよ牛蒡！」
私は第三の刺客・牛蒡を放った。……ごぼうごぼう、あった、牛蒡。
……牛蒡の花（夏）
……牛蒡引く（秋）※牛蒡を収穫すること
……牛蒡掘る（秋）
……牛蒡蒔く（春）
花は煮しめに入ってないし！
ごぼう引かないし！
ごぼう掘らないし！
種も蒔かないし！
ここまで来たからには、四天王のなかでもっとも厄介な、ツルツル滑って剝きにくいアイツに出てきてもらうしかない。里芋。芋というと俳句では里芋のことだ。いもはいもでも、ポテト系は薯、やまいも系は藷の字を使う。
さといもさといも、あったあああああ！　里芋あった。里芋の花ではなく、掘る里芋でもなく、引く里芋でもなく、種蒔く里芋でもなく、干す里芋でもなく、調理する里芋、食べる里芋ゲット！

やったぜ、コレで俳句が作れる！　やっ……あれ？

里芋（秋）

なにいいい？（秋）いいいいいい？

この段階ですでに一〇分経っていた。

第一句の出来は……

俳句をいきなり作るなんて、できるわけがない。このままでは、泣きを入れてしまうことになる。しかし一五分もらっといて、うんうん唸ったあげく、「ごめんなさい、やっぱ書けませんでした」では、さすがに興醒めというものではないだろうか。メンバーの人たちは平静を装っているが、ひとりだけ初心者の俺がなに作ってくるかお手並み拝見とばかり、さっきからこっちをちらちら見てないか？（自意識過剰）

句会に参加したことがないから、ここで泣きを入れるとどうなるのか知らない。もしや句会に参加して即吟を求められ、それができなかったら、小指とか詰められてしまうのではないだろうか。どうしよう。

そのとき、

「待たせたわね！」

その声は人参。人参！　君は味方だと思ってたよ。

「嘘。忘れてたくせに」

「そ、そんなことはないよ（ほんとは忘れてた）」

「言い争いは後回しよ。まずは季語問題を解決しなくちゃ」

人参。あった。しかも、
人参（冬）！

おお、人参すげえ。人参偉い！

季語決定！　俳句制作装置、起動！　ウイ〜ン。

「人参を煮る……」

む。……人参を煮るって、**煮しめ感が薄い**な！

煮しめって、具材四天王（蓮根・牛蒡・里芋・蒟蒻）プラス鶏肉が、出汁・酒・味醂・醤油によって全体に茶色に仕上がるものではないか。人参はそのなかの紅一点、異彩を放つ脇役のはずである。それが、人参を煮るって、なんだか世界がすっかりオレンジ色な感じがするじゃない？　どう見ても煮しめではない（人参のこと、だから忘れてた）。

ごめん、人参。せっかく冬の季語なのに悪いんだけど、きみを俳句にすることはできないよ。

そうだった、俺は筑前煮を俳句にするという原点を忘れていた。ここまで長い道のりを歩いてきたが、このへんで初心に帰ろう。って、初心者も初心者、まだ一句も作ってないけどな！

筑前煮は、どれかひとつの具材だけで成り立っているのではない。蓮根、牛蒡、里芋、人参、蒟蒻、そのすべてが渾然一体となって奏でるハーモニー。どれかひとつを欠いても、どこか寂しい。それが筑前煮。筑前煮と書いてロック。

お前たちは最強の五ピースバンドだ。だれかひとりだけでデビューさせようとした社長（オレ）が間違ってたよ。蓮根、牛蒡、里芋、人参、蒟蒻……お前たちのすべてを象徴するバンド名、それは、

根菜

そうなのだ、筑前煮を作るとは、根菜を煮ることなのだ。

改めて、俳句制作装置、起動！　ウイ〜ン。

「根菜を煮る……」

根菜、季語じゃないし……。

この段階で一二分三〇秒経っていた。

結局、残り二分半で作った句がこれ。

根菜を煮る窓近し寒の雨　千野帽子

ひどい句だね。初心者とはいえ、これはヘタだ。

調理という室内のことと、雨という屋外のことを一句に纏(まと)めるなんて、ある程度慣れてる人なら用心して取りかかるものだ。ちぐはぐもいいところ。

窓が近いなんて、これ、視点を屋外に置いてるつもりなんだろうね。

「牛蒡の匂いが漂ってくるなー、醬油の匂いもする。このへんの家で煮しめ作ってるな」とか、そういう演出なんだろうけど、わざとらしいよ。近しってなんだよ近しって。説明的にもほどがある。そして寒の雨、季語を無理やり宛てましたって感じですな。

連衆（句座を囲む仲間たち）は、それでもこの句のいいところを探し出して、句評でどうにかフォローしてくれた。いいところって要するに「煮ものっておいしいよね」くらいのものだが。

そして、作者が私だと明かすと、初めての作句よくがんばりました、という感じで励ましてくれた。冷汗出ます。それをここで晒しているのも恥辱だが、これくらいヘタなスタートでも怒られないのだから句会ってイイね。

こちらの句がショボいと、句会の会話が盛り上がらない。一句くらいはマトモな句を作って句会を盛り上げ、こいつらの鼻をあかしてやりたいものだ、と思った。そのためには、俳句をあらかじめ書いてからつぎの句会に出なければならない。

こうして私は、句評してもらえるような俳句を作ることを決意した。

その後の千野帽子

句会初日に、職場の句会のSさんという女性から二冊の本をもらった。藤田湘子（しょうし）の『20週俳句入門　第一作のつくり方から』（立風書房、一九八九）と小林恭二の『俳句という愉しみ　句会の醍醐味』（岩波新書、一九九五）だ。

藤田湘子の『20週俳句入門』は、「あなたの思いを一七音にしてみませんか」的なナマヌルな精神論はいっさい抜きで技術の基礎の基礎を体系的に叩きこむ、無駄のないかなり優れた実作の入門書だ。ポエムな自己満足が入る隙間のない、技術論に徹した基本エクササイズがいろいろ書いてある。

『俳句という愉しみ』は東大学生俳句会出身の小説家である著者がプロデュースした句会の記録だ。人気俳人七名プラス歌人一名の八人が泊まり込みでやった互選句会を、恐るべき迫力で中継している。俳人たちの句評の応酬は、殺気が漂うかと思えば一瞬後には破顔一笑。丁々発止とはこういうことを言うのか、名人どうしの立ち会いにも即興性の強いジャズのセッションにも似ている。

これは同じ著者が違うメンバーで敢行した『俳句という遊び　句会の空間』(岩波新書、一九九一)の第一弾で、どちらも無茶苦茶におもしろい。句会で俳句に出会ったときにどう読むか、どうコメントするか、どう会話するか、自作が話題になったときにどうすっとぼけるか、句会での実戦の参考になる。

つまり「作る」ための一冊と、「読む・語る」ための一冊をもらったことになる。俳句本がこんなにおもしろいのかと感激した私は、その後の一年間で、入門書を始めとする俳書をだいたい週一冊、年間で五〇タイトル以上読んだが、この二冊に匹敵するおもしろさのものはなかなかない。Sさんのセレクトは完璧だったのだ。

職場の句会のメンバーは、その後最高一〇人くらいまで増えた。うんと若い人もいて、ひとりひとり楽しい人たちだった。Sさんを始め、結社に入っている人も何人かいたので、私もどこかの結社に入ったほうがいいのかと考え、いろいろ情報を集めてみた。

そのいっぽうで、当時青山通りでおこなわれていた超結社句会に投句することになる。超結社とは、特定の俳句団体の傘下ではないという意味。メンバーは複数の結社から来ていたり、私のように無所属だったりする。

この句会は対面でおこなうリアル句会と、ウェブ上でやるネット句会と両方があり、後者は三年間に三〇回近く開催されたのではなかっただろうか。職場の句会は原則として伝統系の句が多かったが、超結社句会のほうはJポップの歌詞みたいなもの、前衛俳句の流れをくむもの、川柳ふう、伝統系、ポエム、自由律などいろんなタイプの句が出ていた。

やがてホームグラウンドである職場のほうが妙に忙しくなり、句会が開かれなかったり、私が句会に参加できなかったりといったことが続き、句歴五年をすぎたあたりから私は俳句を作る機会がなくなっていく。といって、どこかの結社に入る気もなくなっていた。そして転職・転居で、職場の句会のメンバーと離れてしまった。

二〇一一年に雑誌連載の企画で堀本裕樹らと荻窪で句会を再開するまで、句会のブランクは九年以上に及んだ。句歴の約二倍のブランクである。

2　作句における「言語論的転回」

ずぶの素人がたどる（と思われる）四つの段階

俳句を作りだしたころは、将来、自分が人に俳句を教えることがあるとは予想だにしなかったが、二〇一一年、私は大学一年生向けに俳句のワークショップをやることになった。

彼らはクリエイティヴライティングの学科に来ている。つまり文筆業や編集の仕事に興味のある学生たちだ。私はその学校の客員（つまりゲスト）教員で、ふだんはみんなで小説を読んでそれについて討議したり作文したりする授業をやっているが、それとはべつに、俳句の短期ワークショップも頼まれたのだ。

二〇一一年度は、人数は八人でスタート、全員、俳句を作るのは初めてだ。

形式はもちろん句会。ひとり四句投句して、投句しない私を含む全員で選句し、コメントする、というスタイルで六週間やった。三人が脱落、二人が途中参加。最終的には七人が残った。この過程を観察していて、作句の上達段階にはおおむね四つのステージがあるらしいことがわかった。

六週間のワークショップをつうじて、学生たちはこんな感じで変化していった。

第一段階　自己表現期

「こういう内容を言いあらわそう」と考えて、それを表現するために言葉を捜す。意味が全部わかりすぎの、読み手としては「で?」っていうしかない俳句（以下「でっていうポエム」）か、舌足らずで意味不明なボケボケフレーズ（俳句にすらなってない）ができる。

——第一段階を抜け出すには、「言語論的転回」を経る必要がある。言語論的転回を経た人は、自分の着想のために言葉を捜すのをやめ、「×××という言葉を使おう」と考え、それに合わせるためにべつの言葉を捜すようになる。そうなると第二段階に突入だ。

第二段階　自動筆記期

意味不明の自動筆記のような句ができる。

第三段階　前衛俳句期

意味不明だが読者たちが想像でいろいろと補える句ができる。

第四段階　伝統俳句期

読者たちが想像でいろいろと補って、単一のもしくは複数の意味に回帰する句ができる。

第三段階タイプと第四段階タイプの句なら、堂々と「俳句です」と名乗っていいと思う。つまり、句会に持っていって「戦える」句だ。

どういうのが第三・第四段階なのかといえば、とりあえず第一章冒頭の三〇句みたいなのがその頂点に位置すると考えていいだろう。スタンド句会でもやってみれば、これがどういうものなのかはすぐにわかる。

ただし、第四段階の句だからといって傑作であるとはかぎらない。第三・第四段階の関係は階層状ではない。ひとりの俳人が第三段階タイプと第四段階タイプとの句を作る。要は俳句の「細工」のタイプ分けだ。

大雑把に言うと、〈鐘が鳴る蝶きて海ががらんどう〉（高屋窓秋）みたいな前衛っぽいのが第三、〈障子しめて四方の紅葉を感じをり〉（星野立子）みたいな「伝統俳句」っぽいのが第四、という程度の便宜上の分類。もちろん、あなたにとってこの両句が逆であってもまったく問題ない。

いっぽう第四段階の句しか作らない俳人も多い。伝統系と言われる俳人のほとんどは第四段階の句しか発表しない。

第二段階から第三・第四段階へは、技術を鍛錬したり語彙を増やしたりすることで上っていくことが可能だが、問題は第一段階から第二段階への移行だ。

なぜか。第一段階と第二段階とのあいだには「言語論的転回」という壁がある。俳句を作っている人の多くはこの壁の存在にすら気づかず、気づかないからこの壁を越えられず、第一段階にとどまっているらしい。

具体的に見ていこう。

第一段階・自己表現期

最初の三週間は、俳句らしい俳句というのが出てこない。例えばこんな感じ。

食欲が眠気に勝る蚊の羽音
万緑や外反母趾でぞうり履く
油蟬車道の下に眠りけり

初めてなのだから当然といえば当然だが、できあがった俳句はうまくいったばあいでも意味がわかるだけの「でっていうポエム」か、舌足らずなボケボケフレーズになってしまう。

これらの句を見てわかるのは、彼らが、「自分のなかにある着想」を「自分のなかにある言葉」で表現しようとしているということだ。

自分のなかにある言葉とは、自分が制御できる言葉のことだ。自分の意図にある程度忠実であって、その言葉で自分がなにを言おうとしているのか、自分ではよくわかっている（意図したとおりの意味で他人に伝わるかどうかはべつなのだが）。このとき作者は、言葉は自分の発想を表現する透明なツールだと思っている。つまり、着想（「こういう内容を言いあらわそう」）が先にあって、その内容をあらわす言葉を自分のなかで捜そうとしてしまうのだ。

でも、それではすぐに頭打ちだ。じっさい、そこのところでほとんどの子が派手に壁にぶつかった。なぜなら「まえがき」でも言ったとおり、人間のなかにある言葉などたいてい同じだからだ。まして、同じ時代に同じような年齢で生きていたらなおさら同じ。

この、ほとんどの初心者がぶつかる壁を第一段階、「自己表現期」と呼ぼう。

第二段階・自動筆記期

第一段階を抜けて第二段階以降に入るためには、考えかたを一八〇度変えて、意図的にフォームを大きく崩そうとする必要がある。

俳句というものは、自分の外にある言葉で作るものだ。作った本人が作った瞬間自分で読んで、世界最初の読者として「なんだこれ?」と驚けるところが俳句の魅力。「こういう内容を言いあらわそう」と考えるのではなく、「×××という言葉を使おう」と考えて、それに合わせるためにべつの言葉（そのなかには季語も含まれる）を捜してみよう。

最初は、意味不明の自動筆記のような俳句ができることだろう。意味がわかりすぎる句を作らないでいることはできても、こんどはまったく意味不明のものしか作れなくなってしまうかもしれない。そこで物怖（ものお）じしない人だけがつぎの段階に進める。

ソシュールや構造主義言語学や記号論や言語哲学が二〇世紀思想に与えた深甚なコペルニクス的影響を言語論的転回という。それまで、言葉は考えを表現するための透明なツールだと考えられていた（いまでも小学校の国語の授業なんかはそんなふうに考えている）。ところが二〇世紀には、言語は透明なツールではなく、人間が知ることができることすべてを条件づける不透明な存在であるとか、人間が言語を使って考えるというより言語が人間を使って考えているのではないか、というような考えに転換したのだ。

初心者が第二段階に入るときにはこの言語論的転回が個人の内部で起こる（って、使いかた若干違う!）。

要するにこういうことだろうか。

第一段階　結果より自分の意図（言いたい内容）が大事。

…………言語論的転回…………

第二段階　自分の意図（言いたい内容）はどうでもよくなる。

第三・第四段階　いい結果を出すことが自分の意図。それ以外の意図（言いたい内容）は二の次。

新聞や雑誌、ＴＶ番組に投稿される句や、ウェブ上に発表されている句を見るかぎり、言語論的転回を経て第一段階を抜け出す人はどちらかというと少数派だ。じっさい、私と堀本裕樹の連載に投句される句の多くも第一段階にとどまっていた。そういう句が一次予選を突破する確率はほぼゼロ。

その理由を芭蕉がとうのむかしに言い当てていたらしい、ということは第一章に『三冊子』を引いて書いておいた。「俳句って自分を表現するもの」「俳句って風流なもの」などの思いこみがある人は、その「既知の着地点」から出られないのだ。

言語論的転回までにどれくらいかかるかは個人差がある。私のワークショップでは、七週間ワークショップを続けた全員が言語論的転回を経たのだから上々だと思っている。

ちなみに私は第一段階を一句で卒業した。初めて俳句を作ったときのことを本章の最初のほうで書いた。あれは私の言語論的転回の記録である。二句目以降の私は、人参煮てないのに煮たことにしちゃうし、そもそも蒟蒻干したことないのに干したことにしちゃうようになった。俳句的にはそれが正しいのだと思っている。

なぜ一句で卒業したか。たまたま私がそういうタイプの「読者」だったからだろう。

私は批評家ではないけれど、日曜文筆家としての仕事の大半は先述のとおり、小説や散文を読んでそれについて書くことだ。もともと私は小説の読者として、「作者の意図よりも結果のほうが大事」だと考えてきた。つまり、先ほどの段階になぞらえていえば、第三・第四段階的なものだと思って小説を読んできた。

でも初めて俳句を作ることになったとき、俳句は小説とは違うのかなと思って無理やり「これを言おう」という作りかたをしたら、うまくいかなかった。俳句も小説同様に、いや小説以上にそうでした、という話。

言語論的転回というものがぴんとこない人は、句会仲間でちょっとしたゲームをやってみるといい。いっぽうに一枚にひとつずつ季語を書いたカードの山を作り、もういっぽうにはみんなでその場で思いついた単語（名詞および動詞。季語ではないもの）をひとつずつ書いたカードの山を作って、各自ランダムに一枚ずつ選んだら、その季語とその単語とで無理矢理俳句を作ってみるのだ。

これを何回か繰り返してみたら、第一段階にいる人は第二段階に進めるし、ひょっとしたら第二段階にいる人は第三段階に進めるかもしれない。

要は、俳句を作るときに「自分」の仕事を最小にすること、そして意味不明な句ができても「だれか読み手が意味を見つけてくれる」と信頼することです。

3 ダメな句は全部似ているが、いい句は一句一句違っている

自分のなかの言葉は全員同じ。自分の外にある言葉は無限

すでに述べたとおり、俳句ワークショップをいっしょにやった学生たちは、もともとある大学のクリエイティヴライティングの学科に在籍している。

俳句ワークショップ以外で私が担当する授業では、一〇か月のあいだに、けっこうな量の小説を読んでディスカッションしたり、それについて課題をたくさん提出したりしなければならない。千本ノックみたいな授業のせいか、必修科目なのに単位取得率が異様に低

い。授業のとっかかりであるところの「本を読んで、それについて書く」をしたがらない学生も少なくない。

クリエイティヴライティングと言っても小説家志望の学生がすべてではないのだが、おもしろいことに小説家（とかゲームの原作者）志望の学生のほうが「本を読んで、それについて書く」を忌避する傾向を持っている。編集やライター仕事に興味がある学生のほうがまともに課題を出してくる。

課題を出さない小説家志望の子たち（これがまた男子学生に多いのだが）はどうやら、「俺には書くべき小説がある。他人の書いた小説を読んだりそれを記述したり分析したりするのは創造的ではない」と考えているらしい。じっさいに小説を書いているのかいないのか私は知らないし興味もないけれど。

それも彼らの自由だ。「小説を書きたければ小説を読むな」とまでは言わないが、小説のおもしろさにハマると苦労してまでわざわざ自分で書く気がなくなるというケースがあるのは事実。なまじ小説を読みすぎると小説家志望者にとってはよくない面もあるのだろう。世のなかにはすでにこの三〇〇年かそこらでおもしろい小説はさんざん書かれてきて、いまさら新しいのを書こうと思ったら「俺の小説には発表する価値がある」というような少々おめでたいくらいの蛮勇も要ろうというものだ。

課題を書かない子たちは、コンテンツの着想や言葉とは自分の「中」にあるものだ、と考えているらしい。それを自分のなかから掘り出すために外部刺戟を遮断しているように見える。先人の書いたいろんな小説を読んでガツンとやられてる暇なんかなさそうだ。

いっぽう、淡々と課題を出し続けている子たちはただの「課題」「作文」を書いているのかと言えばさにあらず、人によってはその小説をネタにしてめちゃくちゃおもしろいコラム的なコンテンツを提出してくる。彼らにとっては逆に、コンテンツの着想や言葉は自分の「中」ではなく「外」にあると感じられている。

授業で取り上げるから、というだけの偶然で出会った本。それがどのように書かれているか、その仕組みを感知し分析するなかから、それまでの自分になかった技法やネタを見つける。またその過程自体をエッセイやコラムに仕立てることで、本という「他人の言葉」との事故のような出会いを「コンテンツ」の形にまで持っていく。

人によっては、「どこからこういう文章が出てくるのだろう」と感心させられることもあり、そうなればある意味その学生は、私という固定読者を得たようなものである。

「自分」を主人公化する人の句は金太郎飴

そして、同じように俳句もやはり、「先人の言葉」「他人の言葉」とのつきあいのなかでしか作れないはずのものなのだと思う。

世のなかには、先人の小説を読まずに小説を書こうとする人もいれば、他人の俳句を読まずに俳句を書こうという人もいる。自分の「中」に世に問う価値のあるかけがえのない俳句があると信じて、歳時記やアンソロジーに乗っている先人の句にいっさい触れずに投稿してくる人もいることだろう。

そういう人は、「ひとりひとりの子どものなかには素晴らしい言葉が埋もれている」と無根拠に信じてテンプレートも見せずにいきなりポエムや作文を書かせようという小学校の国語教育のやりかたを信じているのだろう。教える側に教えるべきものがない状態で「教育」になるのかどうかはまた別の話。

つまりそういう人たちは言葉それ自体を愛しているのではなく、言葉にまつわる物語の主人公としての自分を愛している。

だから、彼らの句って、みんな似てるんですよね。

それはちょうど、漫画喫茶で『NANA』『BECK』『デトロイト・メタル・シティ』を読んで「音楽って素晴らしい」と感動するあまり先人のロックをまったく聴かぬまま楽器買っちゃった、みたいな感じ。音楽ではなく、音楽にまつわる物語の主人公としての自分を愛している人が鳴らす音は全員同じなんだよね。まあ「自分にはかけがえのない個性がある」と信じるのは自由ですけどねー。

俳句というのはたしかにいきなり始めてまぐれでいい句ができてしまうなんてことがいくらでもある世界なんだけど、まぐれはまぐれだ。そこで止まる。二度目がある人も三度目はない。そこで自分がどこか特定の句会に参加していて、そこにセンスのいい句を作る人、センスのいい句評をする人がいれば、その人からいくらでも吸収できる。ところがじっさいにはそうそううまくいかなくて、その人がセンスがいいってことを見抜くには初心者サイドにこそ「言葉を見る目」が必要だ。

つまり「最低限の勉強が必要な世界」でありながら、どこまで行っても「もともとセンスがある人」にしか勉強の扉が開かれていない、というね。うわー残酷。こういう書きかたすると書いてる自分に即跳ね返ってくるから謝っときます。ごめんなさい俺程度のセンスでこんなホントのこと書いてしまって。

いま「最低限の」って書いたけど、俳句についてはホント「詳しくなる」必要はない……かどうかわかんないんですけど、この本を書いている私は俳句にはぜんぜん詳しくないです。最小限のことしか知りません。ただ最小限のことというのは「必要最小限」のことなので、どんなに最小限でも必要なものらしい、ということです。

言葉ってものが自分のものではなく他人のものを借りて使ってるんだ、ということがわかってる人は、ひとりひとり個性的で美しい。

「自分にはかけがえのない個性がある」と思ってる人は、全員同じ顔してます。区別がつきません。

「俳句って字数制限キツイし季語とか切れとか定型とかルールがキツイんだからただでさえ個性なんて出ない、まして先人の句を意識してたらなおさら……」と考えている人も多いようですが、それは話が逆で、俳句の定型や切れや季語って、全員に制服を着せたらかわいい子とそうじゃない子が残酷なくらいはっきりわかっちゃう、というような意味であなたの言語センスが測られるのです。

しかも測るモノサシはひとつだけじゃない。『アンナ・カレーニナ』冒頭の一文をもじって言うならば、「ダメな句は全部似ているが、いい句はそのよさが一句一句違っている」。

だから、句会で戦える句を持っていくためには、「ダメな句」になりやすいポイントに気づくための技術の習得が近道だ。次章以降、その視点から作句の技術について具体的に見ていこう。

第四章　だいじなのは「季語以外」だった

俳句を始めたばかりの人によく聞かれるのが、「これこれこういうのは俳句では禁止なんですか？」という質問だ。

結論から言うと、なにも禁止されていない（句会における題詠などの暫定ルールを除く）。これをやるとダサくなる、というものはある。

本書冒頭の「俳句適性チェック」の❷への解答で、私は〈腕しだいで「ルールのうまい破りかた」もある。うまく破るためにも、ルールは熟知しておこう〉と書いたが、正確にはルールではない。マナーだ。

これから書こうとしている内容は、「正しい正しくない」ではなく「好き嫌い」「好悪」「流儀」と言ったほうが正確だ。流儀を英語ではマナーと呼ぶ。マナーはルールとは違う。マナーは必ずしも明文化されたものではなく、全構成員がもれなく共有しているものでもない。といってひとりひとりバラバラなものでもない。

「これを守ってればあとはなに言っても批判されないよ」ということを保障するルールは、日常会話でも会議でも商談でも存在しない。ふわっとしたマナーがあって、しかもそれが人によって違うことがあるし、罰則規定があるわけでもない。

「そのマナー、俺は反対だぜ」という人は、批難を覚悟の上で破っちゃう。予想どおり顰蹙を買うこともあれば、逆に「いや、私はあの行動はイイと思うよ、新しいマナーかもよ」

と支持されることもある。——流儀というのはそういう動きをする。

俳句にもルールはない。マナーしかない。


堀本裕樹と私がやっていた連載の投句の水準は、特選句を見るかぎりでは決して低くはなかった。けれど、大半の句ははっきり言って、一目見ただけで落選が決定している。落ちる人にとっては、途方もなく厳しく見えただろう。

でも一次予選に残るのは、じつは非常に簡単なことだった。俳句の基本を押さえさえすれば、かなりの高確率で残れるはずのものだった。ちょっと基本を押さえているだけで、二次予選まではラクに残れたのだ。

第二章の冒頭で、俳句の基本のなかの基本をごく簡単に書いた。

(1)俳句は原則一七音。
(2)上五・中七・下五のあいだにスペースを入れない。
(3)句末あるいは句の途中に「切れ」が入る。
(4)季語を入れて作る。季語は原則一個。
(5)季語の説明をしない。

俳句の原理からすれば、順に説明していくのが筋という気もするが、いきなり（5）から行かせてもらう。なぜなら、そこで引っかかってる人がけっこう多いからだ。

逆に言えば、この（5）を心得ておくだけで、いい句がバンバン出てくる……わけではないが、気の毒な句はけっこう減るのではないかと思う。

その前に（4）について補足しておく。季語が入っていない句（無季）もあって、私もよく作るけれど、ここでは季語が入っている俳句（有季）の実例を見ながら話を進める。また「季重なり」といって、季語と見なされる語が複数入るケースもあるが、本書では詳しく述べない。

（1）（2）（3）については次章で検討する。

1　季語と歳時記の基本

季語とはゲームをやるうえでの「約束事」である

季語とはなにか、という原理を言い出すと、これはとてもややこしい話になるから、ひとまずは歳時記に載ってるもの、と考えてほしい。

歳時記は、「有季俳句」（季語のある俳句）を作るために不可欠な、便利なデータベースである。この歳時記という必須ツールの、ごく基本的な使いかたについて説明する。

歳時記の季語の項目を見ると、だいたい手短に説明が書いてあって、そのあとにその季語を使った先人の例句が載っている（近代の俳人やときには江戸時代の俳諧師、逆にいま活躍中の現役俳人など、「先人」の幅は広い）。俳句を作るときには、説明と例句、両方をざっと読んでみてほしい。

さて、俳句で言う季節は、四季プラス新年の五シーズンになっている。歳時記の季節もこれに従って分かれている。

春　陰暦一～三月――――太陽暦では二月四日ごろからの約三か月
夏　陰暦四～六月――――太陽暦では五月六日ごろからの約三か月
秋　陰暦七～九月――――太陽暦では八月八日ごろからの約三か月
冬　陰暦一〇～一二月――太陽暦では一一月七日ごろからの約三か月

子どものころ、ＴＶの天気予報で不思議だったことがある。

二月になるとすぐ、節分明けに「暦のうえでは春ですが、冬型の気圧配置で冷えこみは一層厳しく……」と言うのだ。

カレンダーを見ても、二月とは書いてあるが、春とは書いていない。それに、もし一年を四つに割って、いちばん寒い時期を冬と呼ぶなら、二月上旬は冬に入っているはずなのだ。三月にならなければ春は来ない感じがする。

あとになって知ることになるが、同じカレンダーでも日めくりのような、大安とか三隣亡(さんりんぼう)とか書いてある詳しいやつには、節分明けに「立春」と書いてある。暦のうえの四季というのはこれで規定されているのだ。

歳時記は完全に陰暦で動いているのか。というと、そういうわけでもない。歳時記でも、新年はふつうに太陽暦の一月一日なのだ。冬の終わりごろということになるが、歳時記の「新年」はむろん元日一日かぎりのことではなく、新年にまつわるモノや行事をすべて含む。「仕事始」「七種(ななくさ)」「十日戎(えびす)」「初場所」などなど。

陰暦では一年を二十四節気に分ける。二十四節気は古代中国の季節システムである。中国は広い。長江の河口でうっすら汗ばむ時期、北京はまだ寒い。

と書いてはみたものの、中国に行ったことがない。たぶんそうなんじゃないか、という当てずっぽうで書いている。

二十四節気は日本のものではないうえに、発祥した国ですら実感で全体を覆うことができないのだ。

後進国・日本は飛鳥時代から、先進国・中国の文化の真似をし続けてきた。漢字、毛筆、箸、条坊制（平城京・平安京などに見られる、碁盤目状の都市計画）など。二十四節気もそうやって取り入れたもののひとつだ。歳時記のベースになっている二十四節気は、最初から日本の風土と違っているわけだ。

ていうか日本の風土ってなに？

さっき「三月にならなければ春は来ない感じがする」と書いたけれど、そういう体感の話をしていたら、北海道の人なんかもっと遅いだろう。

苫小牧と盛岡と金沢と熱海と神戸と高知と宮崎と石垣島に共通の風土なんてないでしょ？　クライストチャーチに住んでる人が俳句作ろうとしたら、クリスマスは夏の季語？

「歳時記は日本文化の粋」「歳時記は自然のデータベース」「歳時記は季節感の宝庫」など と簡単に言ってのける人がいるが、とんでもない。とにかく押さえておこう。歳時記は外国のローカル文化のうえに構築された日本のローカルシステムである。

したがって、いろんな意味で、私たちの体感とのずれを当然のように含んだきわめて人工的なものなのだ。

ということは、季語とか歳時記というのはあくまでゲーム上の「約束事」といったん割り切っておくくらいがちょうどいい。たぶん一般向けの俳句入門書には、あなたの日常生活のなかの季節感を大事にしましょう、とか、自然とのふれ合いが大切です、などと書いてあるはずだ。季語なんて約束事ですよ、なんて、書いてないんじゃないだろうか。

この本は綺麗ごといっさい抜きで行きますからね、書くよ私は。

そもそも二月上旬に「寒いなー、春は暦のうえだけだなー」と毎年言ってるこの季節「感」ってもの自体が、「立春は新暦で二月四日ごろから」っていう「言葉」がなければ感じることすらできない。言葉なくして季節感なしと言ってもいいくらいなのだ。まさに言語論的転回！（↑だから違うって）

わかりにくい季語

歳時記は作句のためだけのツールではない。歳時記はなによりもまず、他人の句を読み解くために必要なものなのだ。とくに初心者はそうだし、私はブランクを除いて六年ほどの句歴があるが、いまだに不安で歳時記なしに句会には臨めない。

たとえば、句会に行き始めた当初、聞いたこともない言葉を見た。どういう句だったか覚えていないが、季語は覚えているので、同じ季語を使った先人の例句を挙げておこう。

鰤起し旅寝の手足まだ覚めず　奈良文夫

鰤起し悪人の名に虚子あげて　茨木和生

「鰤起し」とは日本海で鰤漁の時期に鳴る雷のことで、冬の季語だ。歳時記がなければ、こういう句の意味を考えることすらできないところだった。

このたぐいの、聞いたことがない言葉ならまだ、ひょっとしてこれが季語ではないかと見当がつく。むしろ危険なのは、もっとふつうの言葉である。

鯉のくち後ずさりゆくうららかに　小宅容義

「うららか」が春の季語だ、というのは、なんとなくまだわかるだろう。しかし、つぎの俳句はどうだろうか。

夕方の顔が爽やか吉野の子　波多野爽波

身にしみて一つぐらゐは傷もよし　能村登四郎

のどけしや象の背を掃く竹箒　蓮見徳郎

首塚は眼の高さにてすさまじき　北澤瑞史（みずふみ）

俳句を始めた当初の私なら、ひょっとしたらこれらは無季の句だと思ってしまったかもしれない。じつはちゃんと季語がある。

あるいは、こういうの。

酒蔵の裏涼しくて朝の市　沢木欣一

西鶴の女みな死ぬ夜の秋　長谷川かな女

これなんかは、俳句始めたばかりの私なら、もしかしたら秋の句と思ったかもしれない。じつは違う。俳句経験者にはあまりに容易な問いだが、未経験者の人は以上六句、どれが

季語で、季節がなにかおわかりだろうか。正解は、

「のどけし」＝春
「涼し」「夜の秋」＝夏
「爽やか」「身に入む」「すさまじ」＝秋

である。

「涼し」は、暑いのがベースの季節に恩寵のように感じる涼しさを指すので季節は「夏」。「夜の秋」は夜になると秋が近づいてきたと感じられるくらい涼しくなるころ、つまり夏でも晩夏の季語である。他の季語がどういう意味でそうなっているのかについては、各自歳時記の季語解説を読まれたい。

また歳時記では、見出しになっているもの（見出し季語）と、そのヴァリエーション（傍題）がある。たとえば私の手もとの歳時記では、〈のどけしや象の背を掃く竹箒〉の「のどけし」は、「長閑」という見出し季語の傍題だ。どれが見出し季語でどれが傍題なのかが、歳時記によって異なっていることもあるが、まあ大らかに考えてください。

初めての歳時記は合本を

歳時記にはいろんなものがある。

季節ごとに分冊になっているものは全五冊。冬と新年が一冊に纏められて四冊になっているものもある。いっぽう合本、つまり一冊本になっているものもある。

圧倒的に合本をお奨めする。

一見、句会や「吟行（ぎんこう）」（よその場所に移動して、作句の題材や着想を求めること）に行くときに、当季の分冊だけ持っていればいいように思えるが、意外にそうはいかない。

季節の変わり目の句会では、終わりつつある当季の句と、すぐそこまで来ている次季の句とが混在している。四月末から五月初めくらいになると、句会では春の句と夏の句が混在しているものだ。一月半ばだと、終わりつつある冬の句と、もうすぐ来る春の句と、それだけじゃなくて新年の句も混じっている、なんてことは大いにありうる。

そして、ばあいによっては、当季と無関係な季節の句が出る可能性だって、ゼロとは言えないのだ。最初に買う歳時記には合本のものをお奨めしたい。

私は合本や分冊、小さいのから大きくてカラー写真がいっぱい入っている図鑑みたいなのまで、何種類も歳時記を持っているが、句会などの持ち歩きに使っているのは『合本俳句歳時記』第三版（角川書店、一九九七）。いまは第四版が出ているが、第三版を使っているのは最新版が嫌いだからではなく、たんに買い直していないだけです。

なお、検索機能を重視するなら、歳時記が入った電子辞書を使ったり、スマートフォンに歳時記アプリケーションを入れたりする手もある。

2　季語の説明はしないこと

季語には「季節の感慨」がインストール済

さて、先人の句などと比べながら、じっさいに「気の毒な句」のどこがそうなのかを見ていこう。

連載では毎回お題をふたつ出していた。一般的にお題と言ったら、季語のこともあれば季語でないこともある。私たちの連載ではベーシックな季語をお題にしていた。連載では雑詠も受けつけていた。

連載の最初のお題のひとつが「春一番」だった。つぎの句は「春一番」の先人の例句。

春一番空想二転三転す　北村美都子

これを、その連載の落選句と比べてみる。

春一番ことしも無事に冬を越し

さて、なにが違うだろうか。

講談社の『日本大歳時記　春』（講談社、一九八一）を見ると、「春一番」は〈春になって最初に吹く強い南よりの風で、二月中・下旬か、三月初めごろである〉（鷹羽狩行）云々とある。要するに春の季語、一番というくらいだから、春になったばかりの時期の季語だ。春というのは、冬のつぎの季節である。

なにを言っているのだ、当たり前ではないか、と思われるだろうか。〈春一番ことしも無事に冬を越し〉という句は、「春一番とは、冬が終わったあとのものである」という、その当たり前のことを言っているだけなのだ。その程度の知識なら、歳時記の「春一番」の説明に書いてある。

要するに、この句は「春一番」という季語の説明をしてしまっている。落選句にはこういうのもあった。

犬陰嚢と書く青花咲いている

「犬ふぐり」も春一番同様、春の初めの季語だ。先述の歳時記には〈春まだ浅い頃、日溜りに〉咲いている〈空色をした小さな花〉（高田風人子）とある。

つまり〈青〉も〈花〉も季語「犬ふぐり」に情報として含まれている。〈花〉なのだから、とくになにも言わなければ〈咲いている〉のは当たり前である。散ったとか枯れたのならわざわざ言う意味があるが、花という言葉はなにもつけ加えなければ咲いている状態をさすに決まっている。

だから〈と書く青花咲いている〉は要らない。

ということは、この句の作者は、作者の仕事をなにもしていない。

おそらくこの作者にとって、犬ふぐりが青い花だということは、けっして当たり前のことではなかったのだろう。「犬ふぐりって変な名前だけど、青い花なんだなー」と、ちょっと感動したりしたのだろう。

ここで告白すると、私もそうなのだ。この作者と同じである。私は動植物の名前がてんでダメだ。犬ふぐりだって、この句を見るまで青い花だということを忘れていた。

私のような人間は、この作者と同じように、「犬ふぐりって変な名前だけど、青い花なんだなー」と、いちいち思う。しかしそういう感慨は、俳句的にはなんの価値もないのである。

この作者も私も、犬ふぐりのことをよく知らなかった、という点では同じだ。もし違いがあるとすれば、私はこの作者と違って、自分のそのような感慨を俳句にする気がない、ということだろう。

もし、「犬ふぐりというのは青い花なんだよ」という情報を伝えたいのであれば、口で言えばいい。ツイートすればいい。Facebookに写真をアップすればいい。俳句にする必要はない。言いたいことがあるときには俳句なんか書くな。

季語を説明すると俳句にならない

もう一度繰り返す。〈春一番ことしも無事に冬を越し〉という句は、

「春一番が吹いてる。春だなあ」

と言いたいのだろう。当たり前である。春だから春一番が吹いているのだ。

「春一番」という季語には、「春だなあ」の感慨までがもともと含まれている。季語というのは、そういうものなのだ。

まえがきの「俳句適性チェック」の解説で、「季節感は季語が担当してくれる。季語以

外の部分になにを書いてもいいが、季節感だけは書けない」と書いた。

だから、「春一番」といっしょに〈ことしも無事に冬を越し〉などという季節感（「春だなあ」）を、つけ加えることはできない。つまりこの句は、「俳句の形」になっていない、というわけだ。


というか、春の季語ならすべて言える。「卒業式ことしも無事に冬を越し」「梅の花ことしも無事に冬を越し」「風光ることしも無事に冬を越し」「菜の花やことしも無事に冬を越し」、どれも当たり前だ。ぜんぶアウトです。


同じように、「鬼灯市（ほおずきいち）」のひとことには「夏だなあ」が含まれてしまっている。

「紅葉」のひとことには、すでに「秋だなあ」がインストール済。

「スキー」のひとことには、最初から「冬だなあ」が。

「屠蘇（とそ）」のひとことには、自動的に「新年だなあ」が。


季語というのは、そういうものなのです。

コーディネイト方式の「二物衝撃」

ここでもう一度、先に出した俳句を見てみよう。〈春一番空想二転三転す〉（北村美都子）、「春一番」の説明をしていない。季語以外の部分は季語以外の話をしている。

さっき犬ふぐりの失敗例を挙げたから、犬ふぐりで先人が作った句も見てみよう。

踞(かが)みたるわが影あふれ犬ふぐり　深見けん二

地面に咲く小さな花を見ようとしゃがんだら、自分の影が落ちて、固まって花咲いているスペース全体を、いやさらに広いスペースを覆ってしまった、という景だろうか。〈犬ふぐり〉を除く一二音で、季語の話はいっさいしていない。自分の影の話だけをしている。なのに、「人がひとりしゃがんだだけで、影に隠れてしまうんだな」ということがわかる。花の可愛らしさがよく出てるじゃないですか。

ほかのもの（影）の話をすることで、季語（花）の感じが出る。粋だなー。

季語と、季語でないものを組み合わせる、こういう作りかたを、「二物衝撃」とか「取り合わせ」という。いわばコーディネイト方式で作る方法である。

深見けん二の句は、「季語」と「季語以外」の部分が緩(ゆる)やかにつながっている感じがする。もちろん、〈春一番空想二転三転す〉のように、もっと飛躍した配合も可能です。このあたりの加減のヴァリエーションはさまざまである。とりあえず作ってみてください。

季語を真正面から取り上げる「一物仕立て」

二物衝撃にたいして、コーディネイトも話題転換もせずに季語の話だけをしてる俳句を「一物仕立て」という。

本書冒頭のチェック項目❹に書いたような、「俳句とは季節感を表現するものである」という勘違いをするのは、一物仕立てがどういうものかわかっていない人が多い。桜が咲いてれば桜の花を、蟬が鳴いてれば蟬の声を描写するのが俳句だと思ってるのだ。

でもこれは大きな勘違いである以上に、そういう俳句を作るのはけっこうな難事業なのです。

ここまで読んでくれたらわかってると思うけど、桜なら桜、蟬なら蟬、季語にはもういろんな含みが全部盛りでインストール済だから、「桜ははらはら散って美しい」だの「蟬はじゃーじゃー鳴いてうるさい」だの「桜の花は（蟬も）はかなく散って（死んで）いく」だのといったすぐに思いつきそうなことは、すでに「桜」「蟬」の含み（共示義《コノテーション》）のなかに搭載されている。

これを逆に言うと、季語というのはそういう決まった連想の型にどうしてもはまりがちな「記号」であり、歌舞伎で「色悪と言えばこういう感じ」、時代劇で「悪代官と言えばこういう感じ」、アニメやライトノベルで「委員長と言えばこういう感じ」、よしもと新喜劇で「借金取り立てにくるヤクザと言えばこんな感じ」といったキャラクター類型なのだと考えればいい。

こういうのは先行作品の蓄積が作ってきたお約束だから、そこを利用して最小限の力で俳句に大きな含みを持たせることができる。

いっぽう、季語を使いながら過去から蓄積されてきたイメージ群から距離をとったり、季語そのものを正面から記述して、季語のイメージを更新したりしたいと考えたときには、季語は厄介で頑固なわからずやであり、俳人の前に壁となって立ちふさがる。季語のイメージを変えるなんて個人の手に余る仕事なのだ。

とはいえ、季語にせよキャラクター類型にせよ、ただ伝統を墨守ばかりしてきたわけではなく、そのときどきの新作で新しいイメージを作ってきたのも事実。と同時に、その新しいイメージがまたそれまでの共示義に加わって、後世の俳人を脅かす手ごわい「新たな伝統」となっていく。

季語を正面突破で題材とした一物仕立ての超人気作がこちら。

咲き満ちてこぼるゝ花もなかりけり　高浜 虚子

瀧の上に水現れて落ちにけり　後藤夜半

をりとりてはらりとおもきすすきかな　飯田蛇笏

一句目、どうにか散らずにいるけれどいまにもこぼれそうな満開の桜を、よりによって否定形で締めることで句にしている。「なになにの花」という季語はいっぱいあるけど、ただ「花」と言ったら桜の花。これも季語のありがたくてそして迷惑なお約束だ。

二句目、当たり前のことをわざわざ書いてすごい。さっきの「春一番」の当たり前とこれとはまるで違う。俳句には「いい当たり前」もある。私の好きな「あたりまえ俳句」は、

潜る鳰（にお）浮く鳰数は合ってますか　池田澄子

三句目は本書冒頭にも引用した。この句のせいで「薄（すすき）」という季語に「折り取ったらはらりと重い」という共示義（コノテーション）がつけ加えられてしまった。

こういう一物仕立ての句も作れるといいなーと思ってるけど、なかなかね……。

3　季語は最後に選べ

季語以外のフレーズをストックしておく

初めての句会体験の話を思い出してほしい。あのとき私がやった最大の失策は、どこから手をつけていいかわからなくて、最初に季語を決めてしまおうとしたことである。お題として季語が出されているのでもないかぎりは、季語は最後に決めるものだ。

ではなぜ季語を先に決めようとしたかといえば、そのときに季語以外の部分の言葉のストックがなかったのだ。だからしょうがなく自分の日常の経験に出てくる季語（煮物の材料）で句を作ろうとした。お読みになっておわかりのとおり、その方法では作れなかった。結局、季語「寒の雨」は最後に決まった（失敗だったけど）。季語を最後に決めるのが二物衝撃の作句手順としてはまともなものなのだった。

二物衝撃の句を作るには、季語以外の部分（あとは季語を入れるだけの自前フレーズ）を用意する必要がある。季語が決まるのは最後の最後と言ってもいい。逆に言えば、自前フレーズのストックが句帖にあってもいいわけだ。

といっても、季語が何音かわからない。「蚊」「炉」みたいな一音季語かもしれないし、

「卯(う)の花腐(くた)し」「暑中見舞」のように比較的長い季語かもしれない。だから季語に合わせて自前フレーズだってある程度変化する。

まだ俳句未満の必殺の自前フレーズが句帖にずらっと並んでて、あとは季語をはめるだけ、みたいなすごい句帖を持ち歩いてる人もいるんだろうなー。いつでも句会に臨めるというか、なんだか畳に日本刀を何本もぶっ刺してるような臨戦態勢。で、いざ句会となったら歳時記でぱぱっと季語を選んで投句、みんなその句の魅力になぎ倒されていく、みたいな。

そんなデス句帖(ノート)を私は持っていないけど、俳句になる直前の自前フレーズをメモにあれこれ書きつけていくのが、なんにせよ俳句作りの第一歩だと思う。

「季語が動く」

すでに完全に（あるいは、ある程度）できあがっている自前フレーズに季語をはめこむ。取り合わせる。このときあなたがしなければならないのはスタイリストの仕事だ。季語を選んで合わせる、合ってなければべつの季語を。こういうふうに季語を選んで最終的にどれにするか決定することを、「季語の斡旋(あっせん)」という。斡旋ってなんか弁護士事務所っぽいなー。

スタイリストさんとしては、なにかいい季語が見つかって「これで決まり」だと思っても、心のどこかで「いや、もっといい選択があるのではないか」と不安になってしまう。というのも、「季語、これじゃなくてもいいよね」ということを句会で言われると、けっこうダメージを負うものなのだ。

だってさ、アイドル（自前フレーズ）に似合う靴（季語）をプロデューサー（作者）の俺がじきじきに探してやっと見つけて、それを履かせてデビューさせたと思ったら、よその事務所の社長だかなんだか知らない奴が出てきて、

「靴、それじゃなくてもいいよね」

とか言ってぜんぜんコンセプトの違う靴持ってきて勝手に履かせてさ、それでもって彼女が見違えるほど光ってみ？　句会の他のメンバーが、

「おー、そっちのほうがこの子、輝くねー」

なんて感心なんてされてみ？　その晩は悔しくて眠れないぜプロデューサーは。

こういう「季語、これじゃなくてもいいよね」を、俳句の世界では「季語が動く」という。もちろん悪口だ。この悪口の厭なところは、「季語がこれじゃダメっしょ」クラスのまったくちぐはぐな斡旋には使わないということ。「んー、やりたいことはわかるんだけどね……」「要するにさ、この辺狙ってんでしょ？　だったらこっちじゃない？」みたい

な感じがもう悔しい。あんまり言われたことないんだけど、むかし言われたとき、なんか悔しくってさ。

他人の句について「季語が動く」って言い草を自分でもあまり言わない。この「動く」って、「自前フレーズと赤い糸で結ばれた、世界にたったひとつの季語が存在する」みたいな構えが、なんか幼稚な感じがして好きじゃないんですよ。じゃあ二物衝撃の句で「これなら絶対動かない」って斡旋は可能なのか？　そんなことないだろ。

「いくらなんでもこの選択じゃダメだろう」ってことはある。「そっちよりはこっちだろ」とか。でも「動くからダメ」ってのはどうなのかね？　いい選択が複数あるかもしれないのにさ。

これについて参考になるのが、私たちの連載での堀本裕樹の発言。ここで堀やんは落選句〈陽炎（かげろう）や泣き顔なんか見せません〉についてこう言っている。*1

> どうしても季語が動くんです。たとえば、今回のもう一つの兼題「朧（おぼろ）」でも、〈朧夜や泣き顔なんか見せません〉と、一応句ができてしまいます。上五の季語、ほとんど何でも入るんじゃないですかね。季語が何でも合ってしまうようにみえる俳句って、完成させるのは難しいですね。

つまり、「動く」のは季語の選択が悪いのではなく、むしろ季語以外の部分の責任だと言うのだ。これなら納得する。

ちなみにこの「動く」は季語以外のフレーズにも使う。そして季語以外が「動く」ほうがカッコ悪い。たとえば「午後三時」が下五にあると、べつに「午前四時」でもいいのにな、と思われてしまう。こういう「動く」はダメですね。

言葉どうしの距離感

最初の一句で私は、〈根菜を煮る窓近し寒の雨〉と作ったけれど、この季語は失敗ですね。一句が家の中と外に分離しちゃった。室内で煮炊きをしながら外の雨を聞いていると言いたいならもっと工夫が必要だし、そもそも**工夫して言えたとしてもそれってそんなにおもしろいものではない**よね。「これを言うために頑張る」ってばかり考えると、第一段階「自己表現期」を抜けられなくなってしまう。

で、季語選びである。自前フレーズで〈根菜を煮る〉と言っているのだから、食べものの季語（「湯豆腐」「焼薯（やきいも）」）や植物の季語（「水仙」）などを持ってくると、ふたつの要素がかぶってしまう。こういうのを「近い」とか「つきすぎ」と言う。季語とそれ以外の部分の配合は「不即不離（つかずはなれず）」の塩梅（あんばい）で、なんてことを言うらしい。

この「近い」とか「つく」ということにたいする俳句の世界の感覚というのはけっこう鋭敏だ。二〇一二年四月の「東京マッハ」vol.3で出た、

久方に消す鉛筆の字や余寒　長嶋有

について、川上弘美さんが、「〈消す〉と〈余寒〉が近すぎる」と言っていた。そのときにこの「近い」とか「つく」という考えかたについて、弘美さんが「五七五しかないから、同じっぽい言葉がふたつもあるともったいない」と客席に説明していたのがわかりやすくて印象に残った。長嶋さんは長嶋さんで「俳句はこういう感覚がミリ単位」と言っていた。こっちも忘れられない。

私はというと「根菜」と「湯豆腐」はどちらも食べものだから近い、程度の、まあアレですね、ミリどころかセンチどころかメートル単位の鈍いほうなので、〈消す〉と〈余寒〉が近いというのも弘美さんに言われて気づいたという体（てい）たらくだ。

もちろん「あえて近いものを持ってきて勝負に出る」という選択肢はある。そういう同色コーデは上級者向きってことですね。

ちなみに長嶋さんのこの句、わけあって私は逆選にしてしまったが、じつはものすごく

好きな句だ。逆選にしておいて、壇上では絶賛に近いコメントを述べてしまった。そういうこともあるさ。

「季語が動く」「近い」「つきすぎ」などの指摘は、二物衝撃タイプの句にはつきものだ。季語とそれ以外の部分との距離を考えて俳句を作ったほうがいい。

とはいうものの、まあ、動くかどうか、近いかどうかなんて、最終的には主観なんですけどね。

二物衝撃だけが俳句の作りかたというわけではない。でも、俳句の作りかたの基本の基本、もっとも代表的な作りかたが、この配合方式なのだ。

同じくまえがきの解説❽で、〈俳人は路上でギターを弾き語りするソングライターではなく、「季語」と「それ以外」という二枚のディスクを選んでつなげるＤＪだ。〉と書いたことの意味が、おわかりいただけただろうか。ダマされたと思って、この作りかたを意識してみてください。それだけで俳句はマシになります。

注

＊1　「千堀の投句教室５７５」別館「飛び込め！　かわずくん」Vol. 12「これしかない！」という季語を選ぶ『日経ビジネスオンライン』二〇一一年四月二一日

第五章　きわめて大雑把な「切れ」の考察

俳句はもともと俳諧連歌（連句）という付合文芸、グループ作業の発句（一句目）が独立したものだ。これについては第二章で述べた。

発句には、それ以降の句（偶数番目は七七、奇数番目は五七五）と違って条件がふたつある。ひとつは季語を入れること、もうひとつは文法的自律性、つまり言い切ることが求められた。

それを継承して、現代の俳句でも句の途中もしくは最後、一箇所を「切る」。句の途中で切れば一句のなかに構造的な切断、ときには飛躍が生じる。

「切れ」については人によって言うことがずいぶん違うし、私自身、よく把握できている自信がない。自分なりの理解や疑問点について俳句雑誌に発表したこともあるが、とくに俳人から指摘や回答を得たわけでもないし、句会の場ではなんとかなっている。切れについては、大雑把なところだけ押さえておけばどうにかなるというものなのかもしれない。

本章では、「俳句の基本の基本」の五項目から、

（1）俳句は原則一七音。
（2）上五・中七・下五のあいだにスペースを入れない。
（3）句末あるいは句の途中に「切れ」が入る。

について見ていく。

1　俳句を腑分けする

定型と破調

俳句は五・七・五の一七音だ。頭から順に上五・中七・下五という。これを「定型」と呼んでいる。厳密には、定型以外の「字余り」「字足らず」「句跨(またが)り」のどれか、またはそのいくつかになっている句は「破調」とされているらしい。

民謡や演歌や軍歌、そして古い童謡には七五調が多い。この音楽的な事情から、五・七・五はもっぱら八拍×三小節として説明されるようだ。

1 2 3 4 5 6 7 8　1 2 3 4 5 6 7 8　1 2 3 4 5 6 7 8
をりとりて×××—はらりとおもき×—すすきかな×××

ただし、日本の歌に七五調が多いと言っても、平均律・均等拍が明治期に入ってきてから作られたり、採譜されて「正調」とされたりしたものがじっさいには多いから、日本人が記紀歌謡の時代から八拍ベースで歌っていたのかどうかは疑わしい。

また、飯田蛇笏の〈をりとりてはらりとおもきすすきかな〉を口に出して読むときに、ほんとうに上五と中七のあいだに三拍、中七と下五のあいだに一拍、置くものだろうか。私は置かないな。置く人がいるのは知っているが、なんか大袈裟じゃないですか？

でもいっぽうで近代人である私は、なんだかんだやっぱり俳句を八拍×三小節としてとらえているところがある。「破調」とは、定型の調子が破られているという意味だが、「ここまでだったら定型の範囲内」と感じるラインが私のばあい八拍子×三小節なのだ。たとえば「字余り」。上五・下五は三音まで、中七は一音までの超過は定型の範囲内、と考える人は多いと思う。私もそう。理論的には二四音までは定型なのだ。これを超える字余りというと、芭蕉の時代には上五・中七に漢詩読み下し調の極端な字余りがあったし、高浜虚子もそういうのを作っている。

ただし中七が八音になるとけっこう間延びした感じになります。下五の字余りも嫌われるらしい。下五が六音になってるの私はわりと好きなんだけどね、なんか色っぽい感じがして。

胃は此処に月は東京タワーの横　池田澄子

いっぽう、「字足らず」の実例ってそんなに多くない。有名なのは、

と言ひて鼻かむ僧の夜寒かな　高浜虚子

あたりかなー。ちなみに、選者という立場になって初めて知ったけど、リズム感のない人は中七が六音になってしまっているのに気づかず投句してしまう傾向がある。

トータル一七音におさまっていても破調はある。俳句のパーツの切れ目は上五・中七間と中七・下五間の二箇所があるが、その切れ目に一単語や意味上のひとかたまりが跨っているものを「句跨り」という。

海くれて鴨のこゑほのかに白し　芭蕉

摩天楼より新緑がパセリほど　鷹羽狩行

全員が全長52メートル　米光一成

意味上は五・八・四になっているパターンもある。私は「中七が字余り、下五が字足らず」ではなく、下五に一音跨ったものと見なしている。

牡蠣と書き牡蠣の純粋を孕みぬ　池田澄子

夏祭り褒めどころなくてたこ焼き　倉元千賀

この句跨りが極端になると、こんなふうになる。

地球一万余回転冬日にこ〳〵　高浜虚子

なんでしょうかこの句は。虚子って人はホントになにをしでかすか知れたもんじゃないところがある。

以上、字余り・字足らず・句跨り・破調といった概念はすべて「定型」を念頭に置いているがゆえのタームです。定型を念頭に置かないものは「自由律」と呼ばれて、定型側からはあまり俳句視されていません。そのことの是非はここでは問わない。

空白問題

まえがきのチェック項目❺の解説で書いたとおり、上五・中七・下五のあいだにスペースを入れると交通標語、あるいは税務署や消防署のポスターの標語になる。

無自覚に上五・中七・下五のあいだにスペースを入れるのは、けっこうバカっぽい。でも、これがなぜダメなのかということは、うまく説明できない。

じっさい、俳句ではスペースも文字のひとつとして使うことがあって、私もごくたまに使う。スペースを好んで使う（時期があった）俳人にはつぎのような人たちがある。

あはれこの瓦礫の都　冬の虹　富澤赤黄男

古仏より噴き出す千手　遠くでテロ　伊丹三樹彦

恋ふたつ　レモンはうまく切れません　松本恭子

富澤赤黄男は大好きな俳人だけど、スペース要らないんじゃないかと思う句も多い。果たしてこれらの句にスペースは必要なのか？　そこから疑ってみるのもいい。

2　俳句は「言い切る」

切字は意味よりかっこよさ

第二章で私は、〈俳句って読んだ側が「これってこういうことだよな」「いや、こうじゃないか？」と会話する作業（つまりいろんな七七）へと開かれていくのが楽しいもの〉だと書いた。

つまり、「全部言っては興ざめ」だし、「一七音で全部言えることなんて高が知れている」ということだ。その句が句会のメンバーの妄想・邪推のツボを刺戟して、メンバーがああでもないこうでもないと想像を膨らますことができる句がいい句なのだ。

でも、すぐにつけ加えておかなければならない。〈いろんな七七〉というのはあくまでものの喩（たと）え。

俳句というのは「言い切る」形式なのだから、「この句、そのまんま七七に続きそうだな」と思わせるような句は、俳句の形をなしていない、と言っていいのだ。

句の途中で切ることもあるし、句末で切ることもある。途中で切るときは直後に意味上の飛躍が必要になる。句末で切ると「言い切った感」が出る。

切る方法にもいくつかあって、わかりやすいのが「切字（きれじ）」。おもに句末に使う助動詞終止形「けり」、終助詞「かな」、おもに句の途中に使う間投助詞「や」がその代表だ。切字は文語だから、文語俳句のほうになじむものだけど、口語俳句で使っちゃダメということはない。あえてギャップを狙って口語俳句に「や」「かな」を投入することも多い。

文法上の役割を考えると、もともと「かな」は係助詞＋終助詞、「けり」は助動詞の終止形だから、必然的に文末に来る。完了の助動詞「ぬ」も同様で、代表的な切字として、「や・かな・けり・ぬ」の四つを挙げている本もある。

「や」は間投助詞なので、終わらせるというより、呼びかけや詠嘆で文をいったん中断しうる表現。これが切字「や」が句末よりは句の途中（多くは上五や中七の末尾）に用いられる理由です。句末に用いると疑問の助詞に見えてしまいがちだし。

文法における品詞の役割を考えれば、べつに「や・かな・けり」を使わなくても、「動詞や助動詞の終止形」「体言止め」や「助詞止め」で切ることもできるとわかる。

句末の切れと句中の切れ

句末に切字を使った例がこちら。

露地裏を夜汽車と思ふ金魚かな｜　攝津幸彦

百姓と話して春を惜みけり｜　富安風生

学校の古文では「けり」は動詞連用形につくことで事態に「完了・伝聞・詠嘆」といった意味を乗せる、というふうに習った気がする。「かな」「や」は体言に、あるいは用言連体形につくことで詠嘆のニュアンスを出す。

けど「かな」については、俳句では二音余ったから入れたと考えても問題ない。余計なもの入れるくらいなら切字を入れたほうがカッコいい。「とにかく金魚なんだよ！」という感じ。

いっぽう、句の途中の切字はこんな感じ。

隠岐やいま木の芽をかこむ怒濤かな　加藤楸邨

夜桜やうらわかき月本郷に　石田波郷

花衣ぬぐやまつはる紐いろ〳〵　杉田久女(ひさじょ)

春更けて諸鳥(もろどり)啼くや雲の上　前田普羅(ふら)

灰汁(あく)桶の雫やみけりきり〴〵す　凡兆

「や」の使いかたは二句目・四句目のように上五か中七の最後にくることが一般的だが、一句目・三句目のようにパーツの途中で切ることもある。五句目は途中で「けり」で切る例。一句目のような「や」「かな」の併用については後述する。

二句目の「や」をべつの助詞に変えてみると「や」のニュアンスがわかる。

原句　夜桜やうらわかき月本郷に
別案①　夜桜とうらわかき月本郷に
別案②　夜桜にうらわかき月本郷に

別案①でもべつにいいのだが、そこを「や」にするといかにも俳句っぽくなる。そういう俳句っぽいのが好きか嫌いかは、ケースバイケースで判断している。このケースだと原句の俳句っぽさが私は好みだが、違う句だったら「と」のほうがいい、と判断することもあるだろう。ちなみに別案①には切字も述語もない。なのにどうして言い切った感があるのか、についてはのちほど。

別案②は句末にも「に」があるので論外。同じ助詞を重ねて使うことはべつにタブーではないけれど、別案②は前のほうが並立助詞、もうかたほうが格助詞で、まったく機能が違うから不協和な感じがある。おまけに上五と下五を入れ替えても同じような感じになってしまうのだ。〈本郷にうらわかき月夜桜に〉。

ついでに書くと、上五と下五を入れ替えても同じ、というのは、上五も下五も名詞になっている句で起こりやすい。〈茹で卵むけばかがやく花曇〉（中村汀女）。「花曇むけばかがやく茹で卵」（上五で切れ）でも同じような意味になってしまう。このばあいは原句のほうがいいと思うけど、なんか惜しい。
茹で卵をむけば輝くのは茹で卵であって花曇ではないから、この句の意味はまだつうじる。じっさいには、上五も下五も名詞だと、中七がどっちにかかるかわからなくなることが多い。藤田湘子は『実作俳句入門』（立風書房、一九八五）で、〈松の枝海にのびたるいわし雲〉のような句を〈山本山〉と呼んだ。確かに上からも下からも読める。〈海にのびた〉のが枝なのか雲なのかわからない。こんなとき、中七の最後に切字があるとそこで切れてるとわかるんだけどね。
さて、句末の切れの機能は言い切ることだが、句中の切れの機能はいろいろある。たとえば取り合わせ（コーディネイト）の切れ。切れの前後でまったく違う話題を出すケースだ。前述したように、ここである種の飛躍が起きる。

鶯（うぐひす）や─下駄の歯につく小田の土　凡兆

そうでなくて、切れ字の前後のどちらかが状況補語として働くケースもある。

古池や─蛙（かはづ）飛こむ水のおと　芭蕉

柿くへば鐘が鳴るなり｜法隆寺　正岡子規

前者は「や」、後者は助動詞の終止形「なり」で切れているが、〈古池〉〈法隆寺〉は意味上は「どこで」と状況を説明する補語であって、話題が転換していない。こういうのもアリだ。

鳥わたる｜こきこきこきと罐切れば　秋元不死男

このケースでは、「渡り鳥」（秋の季語）の傍題〈鳥わたる〉が「主語＋動詞終止形」なので上五で切れている。でも句の構文自体はただの倒置形（こきこきこきと罐切れば鳥わたる）なので、やはり切れのあとが状況補語的なフレーズとなっている。

なお、「や」で切っておいてまた同じ話を続けることもないことはない。でも成功率は低い。〈花衣ぬぐやまつはる紐いろ〳〵〉（杉田久女）が成功しているのは、このばあいの「や」がひょっとすると間投助詞ではなく、用言などにつく接続助詞の「や」として読めるからかもしれない（「ぬぐやいなや」「ぬぐとすぐに」）。

3　切字以外の「切れ」

言い切り感の強い「終止形」「終助詞」

前項でいくつか例が出てきたが、文語俳句でよく使われる切字（や・かな・けり）でなくとも、動詞や助動詞の終止形や終助詞、それから「体言止め」や「助詞止め」で「切る」こともできる。『去来抄』に出てくる芭蕉の〈切字に用ふる時は、四十八字皆切字也〉という発言のとおりなのだ。

高舘の裾に迫りて野火猛る｜　岩崎眉乃（終止形）

じゃんけんで負けて螢に生まれたの｜　池田澄子（終助詞）

このふたつはいずれも句の途中に切れがない。だから、句末で切ったということだ。これで句末が終助詞でも用言終止形でもなく連用形で終わると川柳っぽくなる。たとえば、

決算は監査で春の星になり　落選句

典型的な川柳構文だ。第二章で書いたように、現在の川柳は連句の付句の長句（五七五）からきたものだ。連句では、そのあとに短句（七七）がくるので、構文上「言い切らない」と川柳らしくなる。例の〈居候三杯目にはそっと出し〉ってやつですね。

途中に切れがない句で句末に用言が来たら、連用形にせずに言い切ったほうが俳句っぽくなる。

句中で切れないときには要注意の「体言止め」

終止形止め、終助詞止め以外に俳句でポピュラーな技が体言止め。句の途中に切れがあって句末が体言止めになっているケースはいいとして、問題は途中に切れがないばあい。

玄室へ靴の運びし春の泥　八染（やそめ）藍子

悪い句ではない……とは思う。俺ごときがこんなこと書いてすみません。でも切れのことを考えたら、なんだかこのまんま七七に続きそうな感じがしてちょっと弱いと感じられる。「いろんな他者の七七」に広がらず、「発話者の感慨」（同じ発話者による七七、短歌の下の句）にしか広がってくれない気がするということだ。八染藍子の句なら、

流燈のうしろ姿となりゆけり　　八染藍子

のほうがキリっとしてるね。こうなると切字って大事だな。ちなみにこの句の切字は「けり」ではなく助動詞〈り〉。

だから、句の途中に切れを置かずに一息で続く構文が体言止めで終わるときは、ちょっと用心したほうがいい。インパクトが弱くなりがちというか、短歌の上の句だけ読まされたような印象を与える危険性と隣合わせなのだ。

「助詞止め」は読み手に補わせる度が高い

終助詞以外の助詞も助詞止めで切るときに使われる。これも、句の途中に構文上の切れがないとちょっと迷う。

辛崎の松は花より朧にて　芭蕉

酔かくすほどの暗さの川床(ゆか)の灯に　清水忠彦

『去来抄』によると、一句目は「これイイのか?」と議論になったらしい。「にて」で止まるのは発句らしくないという意見が出たという。それについて弟子たちがあれこれ言うのだが、芭蕉は〈にて〉止めについては、はぐらかしてなにも言っていない。

二句目の文法的な読みは、〈暗さの〉の〈の〉をどう解釈するかで決まる。私はこの〈の〉は主格の助詞だと思う(文語俳句では「が」は使いにくい)。だから〈暗さ〉が主語、そして句末の格助詞〈に〉に続く述語がない。

たぶん「酔かくすほどの暗さの(=暗さが)川床の灯に(あり)」つまり、「川床のあかりに、酔いを隠す程度の暗さがある」、ということなんじゃないか。

こういうふうに述語(というかだいたい動詞だね。述語が欠けていたら動詞だと決めつけてしまうのが日本語の癖)を省略する句はけっこうある。

助詞止め(述語なし)のばあい、省略した動詞は読み手が補うので、どんな動詞がくるかで読み手の解釈が割れることもあるが、そこはうまくしたもので、だいたい交換可能な範囲におさまるものだ。だから体言止めよりも俳句としての成功率が高い、というか失敗率が低い。

たとえば拙句。いい句かどうかは問わないこととして出してみるけど、

蘚（こけ）の花地に満つる日を翠（みどり）忌と―　千野帽子

たしか俳句を始めて四か月目に作ったもの。蘚の花が重要な役割を担う小説『第七官界彷徨』の作者・尾崎翠の命日（七月八日）を忌日季語として作ってみた。

忌日季語とは有名な文人などの命日を季語にしたもので、宗祇忌、蕪村忌、漱石忌、正岡子規の獺祭（だっさい）忌、芥川龍之介の河童（かっぱ）忌、太宰治の桜桃忌、三島由紀夫の憂国忌などが有名だが、翠忌は歳時記に載っていない。

季語は、私が思いついて使っただけで一般に季語と認定されるものではない。何人もの俳人がさまざまに使ううちに、俳句の世界で共有財産となり、歳時記に載って晴れて「季語」と認定される。

歳時記に載っていない以上、翠忌は俳人にとっては季節感のない言葉だから、代表作にゆかりある仲夏の季語「苔の花」を使い、「苔」でなく『第七官界彷徨』で使われていた

〈蘚〉の字で表記した。晩春の季語「薊」の字に似てるから間違えないように。
さて、「に」のあとはどんな述語が来るだろうか。

〈蘚の花地に満つる日を翠忌と〉呼んでみる。
〈蘚の花地に満つる日を翠忌と〉思いませんか？
〈蘚の花地に満つる日を翠忌と〉決めちゃう。
〈蘚の花地に満つる日を翠忌と〉したい人はリモコンの青ボタン押して！

まあなにが来ても句の大意はだいたい似たようなものだ。
語の選択しだいでは述語なしでも格助詞や接続助詞で句の途中に切れを作れる。というか句末でなく途中なのでむしろより「切れっぽい」。つぎは「東京マッハ」vol. 3に出した句。

いくたびも架空の町の名を｜暮春　千野帽子

格助詞「を」で切れている。このあとに「唱える」「呟く」「念じる」「思い出す」「検索する」など、好きなものを入れてくださればけっこう。なんなら「煮る」「焼く」「フランべする」でもお好きなように、と思うがそういうものを補う人はあまりいないようです。

4　練習用「切れ」フォーマット

句中の「や」を活用してみる

俳人によっては「強い切れ」「軽い切れ」という言いかたをする人もいる。切れの強弱を分かつ明確なラインなどないのだが、「強い切れ」っぽいフォーマットというのはあるように思う。初心者は、まずそれを使って切り方を練習してみるといい。どんなものかというと、

(1) 上五の最後か中七の最後を「や」で切る

■■■■や□□□□□□□□□□□□

□□□□□□□□□□□や■■■■■

（2）その前後でまったく違う話をする

↓■部分（「や」が上五の最後にあるときは句の最初の四音、中七の最後にあるときは下五）に季語（を含むフレーズ）を入れる。

↓□部分（「や」が上五の最後にあるときは中七下五、中七の最後にあるときは句の最初の一音）でまったく関係ない話をする。

かなぶんや|コントローラー置けば闇　　堀本裕樹

蠟燭（らふそく）のうすき匂ひや|窓の雪　　惟然（ゐぜん）

ここまでは要するに、句末で言い切るより、第四章で紹介した「二物衝撃」と言われる基本の基本の作りかた（「季語と季語じゃないもの」をコーディネイトして作る）のほうが作りかたが明確だから俳句っぽくなるという話。

（3）句末に他の切字や終止形・終助詞を入れない

句の途中と句末の双方に構文上の切れを作るとぶつ切れ感が発生することが多い。句末が動詞のときはダマされたと思って言い切らない形にしてみよう。言い切らないとはどういう形か。少し説明しよう。

艶文や｜金魚の腹のしろきなり｜　落選句

上五の「や」切れと句末の終止形の二箇所で切れている感じ。ぶつ切れ感を避けたいなら、句末を連体形にする。〈しろきなり〉もややぎこちないので微調整。

艶文や金魚の腹のましろなる

つぎも投稿の落選句から。

春近し｜女医の諸注意和歌めきぬ｜

上五の季語が「名詞＋動詞終止形」なので自動的にそこに切れが発生している。だから句末を完了の助動詞「ぬ」にしちゃうと、これも切字なのでぶつぶつ切れた構文になってしまうのだ。こういうときは、同じ連用形につく語でも接続助詞「て」にしちゃうという手がある。

春近し女医の諸注意和歌めきて―

春近し女医の諸注意和歌めいて―

二案目は音便させてみたもの。この形からわかるとおり、この手は口語俳句でも使える。どうでしょう。少しはそれっぽくなったんじゃないでしょうか。「それ」がなんなのか言ってる私もよくわかんないけどさ。

文語と違って口語の動詞だと、言い切っても「けり」「ぬ」ほど切れた感はしない。つぎのような句は「や」切れの文語感と中七下五の口語との落差が気持ちいい。

夏シャツや―大きな本は置いて読む　長嶋有

句中を「や」で切って句末に「けり」を持ってくるダブル切字の句も、多数ではないけれどあるにはある。

降る雪や明治は遠くなりにけり　　中村草田男

私はまだこういうの、作ったことありません。この句はものすごく有名だけど、切字のダブル使用はハードルが高いのか、いろんな入門書を見ても、やんわりと「お勧めしない」から、大書して「厳禁」まで、さまざまなニュアンスで注意信号が発信されている。

それとはべつに、上五「や」切れ・下五「けり」切れをやると、必ずこの句と比べられるという運命が待っているので、違う意味でやりづらいというのもある。だったらもうね、いっそこういうトリビュート作品を作ってしまうほうがいいんだよきっと。

降る雪や厠が近くなりにけり　　仁平勝

降る雪や　てゆうか電話遠くない？　　千野帽子

切れの話は考えだすと果てしなくややこしくなるので、これくらい大雑把にとどめておきましょうか。この程度の知識でも、句会に出て怒られるということはないと思います。

第六章　文語で作るのは口語の百倍ラク

近代の俳句は正岡子規から始まった。いま本書を手にしてくださっているみなさんも、いわば子規から始まる近代俳句の滔々（とうとう）たる大河の一滴なのだ。と柄にもないことを書いてみたが、さて。

子規は明治の人である。私たちは平成の人だ。一〇〇年以上のあいだに、書き言葉としての日本語は、ふたつの大きな変化を体験した。

ひとつは、子規が活躍していた時代にリアルタイムで起こっていた現象、いわゆる「言文一致体」の浸透である。

目下私が書いている（みなさんが読んでいる）この文を始め、世のなかで現在書かれている文はほぼ一〇〇％「口語文」である。書き言葉なのだから口語そのものではない。口語の標準的な文法にのっとって書く文、というくらいの意味だと考えていただきたい。

それ以前は「文語文」である。子規自身、日記や批評や写生文のほとんどを文語体で書いている。文語文法は国語教育ではおもに「古文」の管轄だ。

言文一致体小説の濫觴（らんしょう）、二葉亭四迷の『浮雲』の第一篇（一八八七）はすでに出ていたが、一朝一夕に文学作品一般が口語文で書かれるようになったわけではない。森鷗外の『舞姫』（一八九〇）や樋口一葉の『たけくらべ』（一八九六完結）など、文語体小説のほうが主流だった。文学作品で口語のほうが主流になったのは二〇世紀に入ってからである。

さきほど、現在書かれている文はほぼ一〇〇%口語文で書かれている、と書いたが、俳句だけは文語文法にのっとって書かれることが多い。前章で見た三大切字の「や」「かな」「けり」もすべて古語である。現在もっとも文語を守っている分野が俳句なのではないか。同じ短詩型でも、川柳や短歌ではもっと口語率が高いという印象がある。

日本語では、文語文メインから口語文メインへ、という変化のあとで、こんどは第二次世界大戦敗戦以後に、もうひとつの変化が訪れた。いわゆる「現代仮名づかい」(通称「新仮名」)の登場である。これの登場によって、それ以前の正書法は「歴史的仮名づかい」(通称「旧仮名」)と呼ばれるようになった。

目下私が書いている(みなさんが読んでいる)この文を始め、世のなかで現在書かれている文の大半は現代仮名づかいで書かれている。もちろん、三島由紀夫を始め戦後も一貫して旧仮名表記を守り続けた作家は少なくない。また倉橋由美子のように、新仮名でデビューしたのちに旧仮名にシフトした作家もいる。

つまり私たちには、文語旧仮名、口語旧仮名、文語新仮名、口語新仮名、という2×2=4とおりの日本語の可能性がある、ということになる。

本章では、俳句におけるこの四とおりの使い分けについて考えてみることにします。

1　文語俳句を作るときは旧仮名が有利

文語は旧仮名と「なじむ」感じ

私たちにとって文語文とは、学校の古文の授業で接するものだろう。だから、文語文といえば旧仮名、という頭がどうしてもある。

なにしろ新仮名が登場したとき、文語文はもう教育勅語や法律その他の特定の箇所にだけ残っていて、小説はおろか新聞記事すら口語文にだいぶ浸食されていたのだ。だから、文語俳句は旧仮名と「なじむ」感じがする。

文語文法と口語文法とは、形のうえでどう違うか。両文法の違いのほとんどは、語の「活用」にある。活用する品詞（用言）は形容詞・形容動詞・動詞・助動詞だ。

ところで、つぎの俳句は、文語俳句だろうか、口語俳句だろうか。

うつし世に浄土の椿咲くすがた　水原秋櫻子

正解は、「どちらでもいい」です。こういう俳句もある。

「咲く」という動詞は口語で五段活用（咲かナイ・咲こウ、咲きマス・咲いタ、咲く、咲くトキ、咲けバ、咲け）、文語で四段活用（咲かズ、咲きテ、咲く、咲くトキ、咲けドモ、咲け）だ。連体形（名詞・代名詞を修飾するためにその前に来るとき）は、文語体・口語体問わず同じ「咲く」である。だから文語俳句なのか口語俳句なのか、この句のばあい形から決められないし、決める必要がない。

水原秋櫻子という人は文語俳句の人だから、この句も文語のつもりで作ったんだろうけどね。

では、用言がない句はどうだろうか。

ふるさとの沼のにほひや蛇苺　　水原秋櫻子

ここには用言がひとつもない。さっきの「両文法の違いのほとんどは、語の活用にある」の法則からすれば、この句は活用する単語がないから、口語俳句なのか文語俳句なのかわからない、ということになる。なるはずなのだが、はたしてそうだろうか。

この句は一九三〇年刊行の『葛飾』という句集に収録されている。新仮名登場以前である。この時代、作者・水原秋櫻子には、文語であろうと口語であろうと〈にほひ〉しか選択肢がなかった。

いっぽう、私たちには現在、「にほひ」「におい」のふたつの選択肢がある。「にほひ」がいいのか、「におい」がいいのか。それは好きずきだと思うが、もしみなさんがこの句を平成の現在に思いついたとしたら、どちらを選ぶだろうか。ここで立ち止まって、ちょっと考えてみてほしい。

はい、ちゃんと考えましたか？　どちらを選びましたか？

これ、私だったら、秋櫻子と同じく旧仮名にすると思う。なぜか。

〈ふるさとの沼のにほひや蛇苺〉。ふるさとも沼も匂いも蛇苺（初夏の季語）も名詞、〈の〉は助詞だが、あとひとつ単語がありますね。

〈や〉だ。切字である。文法的には間投助詞で、古語である。口語文なら「（だ）なあ」とするところだ。現代文に直すと、「ふるさとの沼の匂いがするなあ。お、蛇苺じゃん」という感じになるか。

この句は古語「や」を含んでいる。ということは、たまたま用言がなかっただけで、用言がもしあったら文語文にしかならない＝この句はこのままで文語俳句だ、と考えるのが自然である。

文語＋新仮名の句

もちろん、文語プラス新仮名の句だって多い。たとえば、寺山修司は若いころ、文語の短詩型を新仮名で書いていた。俳句と短歌の例を挙げよう。

明日もあれ拾いて光る鷹の羽根　寺山修司

遠き帆とわれとつなぎて吹く風に孤りを誇りいし少年時　同

前者、すごく好きな句だが、「拾ひて」だったらもっと好きだった。後者、短歌の良し悪しはよくわからないが、「誇りゐし」でいいんじゃないかなあ、と思うわけです。寺山がそう考えたのかどうか知らないし興味もないが、寺山は後年、文語作品は旧仮名で書くようになった。

私はなにも、新仮名と文語体（切字含む）の併用がダメ、なんてことを言っているのではない。俳句は、文語で書こうが口語で書こうが、どちらでもいい。新仮名と古語の併用は、ひょっとすると不利かもよ、くらいに考えてほしい。ぜんぜん気にならないよ、という人もいることだろう。

なぜ私が新仮名と文語の併用を気にするか。新仮名と古語とが併用される場は第二次大戦後の短詩型くらいしかない。短詩型じゃない場所で新仮名と古語を併用すると、なんだか『少年ジャンプ』の漫画のネーム（「選ばれし者よ、世界を救え」）とかヴィジュアル系バンドの歌詞（「♪折レシ翼デ　堕チテユクタマシイ」）みたいな感じがしてくすぐったいでしょ？（どっちもいま即興で作ってみた）

じゃあ、なんで俳句だったらOKなの？　いっしょじゃん。「俳句だから新仮名と文語体を併用していい」というルールは、一見自由なようでいて、俳句を囲いこんで無力化してしまう危険がある。

だから「古語と新仮名の併用は不利」くらいに思ってたほうが、句は安定するし、わざと併用したときのインパクトも（成功したときは）大きい。少なくとも、そう思ってたほうが、「敢えて不利なこと」をする楽しみがあって楽しい。

ここまで述べたことをまとめると、次のようになる。
（1）切字を使うときは、文語のほうがなじむ。

（2）文語俳句を作るときは、旧仮名のほうがなじむ。
（3）ゆえに、切字を使うときは、旧仮名のほうが有利。

旧仮名をつかうときのマナー

文語でも口語でも、旧仮名を使うなら、間違えないように注意してください。

冬帽を脱ぐやだれにも似なひ午後　落選句

永遠とゐう名の金魚誤字脱字　落選句

一句目、文法的には、「×似なひ　↓　◯似ない」である。この手の間違いはけっこう見られます。

二句目は「×ゐう　↓　◯いふ」だが、下五が〈誤字脱字〉なので、この〈ゐう〉は意図的な逸脱という可能性がある。でも残念ながら、私から見るとちっとも効果的でない。

こういうことを書くと、詩歌に親しんでいる人からはこんな異論も出そうだ。

「新仮名と古語との併用はある種のルール違犯であり、ルール違犯あってこその文学なのではないか」

はいはい、よくある自称パンクな文学観ですね。こういう物言いは、文学を守る善意でなされるけれど、そのじつ「違犯」そのものを「お芸術」化、無害化してしまうのだ。

言葉は変化するという事実を論拠に「逸脱に目くじら立てるな」という人がよくいるけど、現在の言葉に痕跡を残さない「ただ間違えただけ」の違犯も、過去千年以上にわたって数多く存在する。だれも逸脱を禁止していない。

「文学だからルール破っていいよ」ということにしちゃうと、違犯自体がヌルくなってしまって勿体(もったい)ない。ダメってことにしといたほうが違犯（イケてる違犯）の価値が高い気がする。アートはなんでもアリですよ、というのがいちばんアートをヌルくする。

そこのところに無自覚な「自前仮名づかい」はだれも禁止していない以上、反抗でもなければ自由でもなくてただの逸脱だ。個性ではなくてただの「癖」だ。

「自前仮名づかいは意図的なものです、私の個性です」という人を、過去何度か見たことがある。個性上等、結果としての言葉より作者の意図のほうがだいじ、と思う人っているんだなー。

円城塔やイタロ・カルヴィーノの作品みたいなコンセプチュアルな実験小説だったら、あるいはわかりやすいメロディのない現代音楽だったら、だれかに作品のコンセプトを説明されて、よさがわかることがある。もちろん、説明されても「ふーん。だから何?」ということもある。

ところが俳句のように一瞬で読めてしまうもののばあい、「この仮名づかいの逸脱は作者の意図です。こうしなければ作者の個性は表現できないのです」と言われたとしても、俳句は一瞬で読めてしまうサイズだから、デメリットをカヴァーする余地が少ない。それ以外に句のなかに魅力的な要素があったとしたら、逆に「仮名づかいが正確だったらなおよかったのに」と言われて、自前仮名づかいが足を引っ張った形になる。

自己愛の強い親の名づけがこれだ。子どもに煌咲音(きずな)ちゃんと命名する自由はルールで保障されている。役所はそれで戸籍を作る。「変じゃない?」と言われた親が「命名の自由は保障されている」と返せば、話は噛み合わない。変じゃない? と言った人はルールではなく好悪を語っているだけだから「うん。だれも禁止してないよ」と答えるだけだ。

俳句の作者が「これは意図的な自前仮名づかいなのです。このよさがわかりませんか?」と説明したら、親が「煌咲音という名にはこれこれこういう意図があるんです。いい名前だとわかってください」と言い張った感じ。あるいは建造物自体の美醜が問題になっているときに、建設時に組んだ足場を取り払わないまま見せられて、建設会社の人に「これが私どもの努力の証です!」と言われたような感じか。

そのとき彼らは「ルールに雁字搦めになった窮屈なスクェアな人たちが他人も強制しようとしている」と判断し、自分の自由を守ろうとする。スクェアなのはじつは彼らのほうだ。

それ変じゃない？　と言った側のほうは、詩歌にも日常会話同様ルールはなくマナーしかないと思っているから、彼らの過剰な反応に驚いてしまう。

指摘した側は、在りもしないルールを苦労して守っているのではない。守ると快いからマナーを守っているだけだ。守るのが快くなくなったら破る覚悟もある。ルールでなくマナーだから柔軟だ。そしていくら柔軟でも、破った自分が批判される可能性はあるし、それも織りこみ済だ。日常会話と同じ。

日常生活同様、俳句でも、個性アピールは禁止されていない。個性アピールには覚悟が要る。正しい正しくない（ルール）ではなく好き嫌い（流儀）の話。「批判されない保障」なんかない、危険がいっぱいな状態、だからこそ自由だ。自由とは「批判される権利」のことなのだった。

2　口語俳句は案外難しい

とにかく俳句の形にするなら文語が有利

千堀の連載に投稿された句にたいして、以前こういう代案を出してみたことがある。

原句　節分に直立不動のお巡りさん
代案　節分や巡査直立不動なる

原句には用言がなく、文語か口語か文法的には決められないけれど、〈お巡りさん〉という語彙が「口語文」っぽいよね。

で、それを私は文語俳句に直してみた。俳句としては少しくらいはマシになったと思う。

このことから言えることはなにか？

文語俳句のほうが口語俳句より偉い？

NO！　考えかたがまったく違う。

もう一度、原句と私の代案とを見比べてみてほしい。題材としてはどちらも、直立不動の警官に、節分という季語を配したもの。まったく同じだ。

俳句の貴賤は題材にない、ということがまずわかるだろう。内容だけなら、節分の日に警察官がびしっと立ってて動かない、それだけのことだ。しょうもない。

作者に失礼なことを言っているのではない。名作と言われる俳句だって、題材だけ見たら、池に蛙が飛び込んだとか、大根葉がさっさと流れていくとか、遠い山に日が当たってるとか、そういうしょうもないものだってけっこう多いのだ。それでも俳句としてアリであることに変わりはない。

ということは、原句と代案とを見比べると、こういうことが言えるだろう。言えちゃうよ。

文語なら、題材のしょうもなさをカヴァーできる。

うわー、俳人の人たち、怒るかなー。それとも「あー、ホントのこと書いてる」って笑ってくれるかな。

はっきり言うと、口語俳句だったら、節分に警官が直立不動、とかいう着想では通用しないのよ。それじゃ小学校二年生のポエムになっちゃうんだよ。

俺が口語俳句の原句を文語俳句に仕立て直したのは、べつにカッコつけてるからじゃないの。口語俳句ってとこを守って代案を出すことができなかっただけなの。俺にそれだけの腕がなかったとも言えるし、口語俳句にするには着想がヌルすぎただけ、とも言える。つまり、文語俳句と口語俳句とは、俳句なんだから共通点もあるけど、でも作句の難しさのタイプが違うってことを言いたいんだ。

センスのない人が最低合格ラインに達するだけなら、文語俳句のほうがラクなんだよ。ラクって言いかたがまずいなら、有利って言ってもいい。

文語俳句は、形のうえでの欠点が見えやすい。形のいい句と弛んだ句との違いは、たいてい一瞬でわかる。どこを直せばいいかも、わりとはっきりしている。文語の折り目が正しければ、それなりに俳句の形にするのは難しくない。文語という、鉄のように硬質な材料でオブジェを作るってことだ。文語文法という溶接技術や切字という切断技術を学べば、文語という鉄は容易にオブジェになってくれる。

それにたいして、口語俳句だと、文語俳句ほどには「かくあるべし」のガイドラインが定まっていない。どう直したらいいのかわからないことが多い。ところてんでオブジェを作るようなものだと考えてくれ。だから、最低合格ラインに達するだけでも、作るのが難しいんだ（それ以上の水準に持ってくのがどっちが難しいか、は知らない）。

約束の寒の土筆（つくし）を煮て下さい　川端茅舎（ぼうしゃ）

じゃんけんで負けて蛍に生まれたの　池田澄子

口語俳句には、口語俳句でしか表現できないものがある。

口語俳句を読むコツ

連載で私の特選になったものにこういう口語句がある。

卒業式犬連れてっていいですか　碍子

「この句をどう読んでいいかわかりません」という人がいた。

「だって、こんなことありえないでしょう?」

俺にはそっちのほうが理解できないよ。ありえないからダメなのですか?

「ダメと言うか……」

話をよくよく聞いてみると、文語俳句ならそれなりに解釈できるというのだ。さっきの〈こんなことありえない〉という発言と組み合わせるとわかるのだが、どうやら、

「文語俳句なら、じっさいにあったことを文語で記述したものと思って読める」
「俳句というのは自分の体験を五七五に落としこむものである。そして口語俳句だと、現実にありそうにないとき、文語俳句より違和を感じる」
と思ってしまっているらしい。

口語俳句をどう読んでいいかわからない、という人は案外いるものらしい。口語俳句の読みかたにはコツがある。簡単すぎて申しわけないくらいのコツが。

口語俳句っていうのは、それが俳句として直接書かれたと考えるんじゃなくて、だれかが口に出して言ったことを記録した、って考えたらいいんです。漫画の四角いコマがあって、そのなかにフキダシがあると思ってください。で、ネームが書いてある。〈卒業式犬連れてってていいですか〉って。

でも登場人物は描いてない。背景も真っ白。さあ、だれがどういう状況で、この台詞を言ったのか。と考える作業が楽しかったら、その俳句は「いい口語俳句」なんです。〈卒業式犬連れてってていいですか〉って台詞、卒業生が先生に言ってるのかな、在校生代表が訊いてるのかもしれない。それとも困り者の先生がいて、教頭先生に質問してるのかもしれない。

私はそれを考えるのが楽しかった。だから特選だったんです。
みなさんも試しに、空白のコマにフキダシを書いて、なかに〈約束の寒の土筆を煮て下さい〉〈じゃんけんで負けて蛍に生まれたの〉って書いてみてほしい。そして絵を想像してみてください。

口語俳句は新仮名とも旧仮名ともなじむ

ところで、川端茅舎が土筆の句を書いたときにはまだ「新仮名」はなかったが、たまたまこの句は仮名づかいが変わっても影響を受けない語だけでできている。じっさい、現在口語俳句を作っている人は新仮名を使う人が多いと思う。
でも、旧仮名の口語俳句も私、大好きだ。作るのも好き。

百 歳 は 花 を 百 回 み た さ う な　　宇多 喜代子

日向ぼこ大王よそこどきたまへ　　有馬 朗人

街への投網のやうな花火が返事です　　夏石 番矢

なに言ってやがんだ酢海鼠(なまこ)のくせに　千野帽子

す。

二句目はアレクサンドロス大王に向かってディオゲネスが発した言葉を下敷きにしてます。

「文語俳句を作るときは、旧仮名のほうが有利」だったが、口語俳句は、句の着想に合わせて旧仮名・新仮名を使い分けることができる。口語ならではの取れ取れ感を活かしたければ新仮名、口語の一般的イメージを異化したければ旧仮名、といったように。

私はほっとくと口語俳句ばかり作ってしまうが、新仮名にするか旧仮名にするか迷ったときは、句帖に両方書いて目で見て決める。俳句は見た目が十割。

ところで藤田湘子の『20週俳句入門』はいい本だが、仮名づかいについての意見は私とは正反対だ。〈ある句は歴史的仮名づかいで書き、別の句は新仮名づかいで書くという混用はダメ〉というのが藤田湘子の言いぶんだけど、これは発話主体を生身の作者と同一視するドグマに支えられている。

藤田湘子には悪いが、日本語に複数の仮名づかいがあることを逆手にとって、それを日本語の財産として使ったほうがいいに決まっている。作品によって擬古文や現代の口語を使い分ける詩人が欧米にもいるように。

次章でも書くつもりだが、一作者の名のもとに書かれた全作品の背後に統一した発話主体を求める発想とは、俳句を日記や私信と同一視する発想にほかならない。そういう「実体験主義」は俳句を狭めるだけです。私は俳句は一発芸だと思ってるんで、句によってどうとでもやりたいようにやればいいという考えです。

最後に、誤解する人がいたかもしれないから念を押しておく。

文語俳句は句想のしょうもなさをカヴァーできるし、しょうもない句想なのに（だからこそ?）名句に見える句もある、と書いたけれど、文語俳句だって作りこんだ句想で傑作になったものがある。たとえばこれ。

京 寒 し 金 閣 薪 に く べ て な お　　中村安伸

文語で、定型で、季語もあって、句想も作りこんで、凄みもあって、なおかつ読者にツッコミを入れさせる一発芸。素晴らしい句だと思います。

第七章 ひとりごとじゃない。俳句は対話だ。

最終章です。
第四章から第六章までは、「俳句の体をなす」ための最低限のマナーに沿って、俳句を作るときの身だしなみについて考えてみた。本章では、ポエム（ひとりごと）と俳句（対話）の発想の違いを明らかにしたい。

専門家じゃない私が俳句の入門書を書いたのは、句会という洗練された言語ゲームのおもしろさを伝えたいからだ。句会のおもしろさは、他人の句を読むことと、自分の句を他人に読んでもらうことにある。

このとき、自分の句が初めて完成する。書いただけでは句は完成しない。句会で読んでもらって、「この句の意味はこうだろう」「いや、ここはこうなんじゃないか」と言ってもらっているあいだだけ、その句は成立している。

私は「俳句は句会のために作る」と思っているので、句にたいして他人が反応・参加して場が盛り上がる句のことを「モテる句」と考えている。この「モテる」は必ずしも点盛りで高い得点を集めるということではない。ばあいによってはみんなに憎まれちゃう句でも、それで会話が盛り上がればモテる句だ。

モテる人っていい意味での隙（すき）があって、人はその隙に吸い寄せられるものだけれど、モテる句にもそういう隙というか空白があって、そこで読み手に開かれている。ポエムがひとりごと的（モノローグ）に閉じているのにたいして、モテる句は対話（ダイアログ）を構成する。

そもそも、一般に詩歌ってどこか自己完結した「ひとりごと」っぽいところがあるんですね。そしてほとんどの人は俳句を詩の一種だと思っている。その結果、書いたものは「ひとりごと」っぽいポエムになってしまう。

そういう句は自己完結している。句会のメンバーがなにもつけ加えることができない以上、句会は盛り上がらない。

本章の記述はひょっとしたら、「俳句とはなにか」というよりは「ポエムとはなにか」という感じになっているかもしれない。だとしたらそれは、ポエムってものの特徴をつかむことでその「ひとりごと」っぽさを対象化して、そこから距離を取ることができるのではないかと考えたからだ。

1　ポエムは報告する

「写生」は近代芸術に由来する

俳句結社によっては「写生」「客観写生」という文言を団体のポリシーとして掲げてい

るところもあると聞く。俳句に興味を持つみなさんも、写生という言葉を俳句や近代俳句史の文脈で聞いたことがある、という人が多いのではないだろうか。

小学校の図工の時間にスケッチブックを持って教室の外に出たことがあるよね。図工教育における写生という考えは近代西洋絵画におけるリアリズムからきている。

写生という考えかたが近代以前の日本美術になかったわけではないらしい。でも、江戸時代末期から明治時代にかけて西洋絵画が日本の文化人に与えたインパクトは大きいものだった。

ゴッホやトゥールーズ＝ロートレックに見られるとおり、同じころ浮世絵がヨーロッパの画家に影響を与えていた。浮世絵や戯作本の挿画は当時の日本絵画におけるサブカル部門。いまで言えばライトノベルの挿画や表紙絵かもしれない。サブカルチャーだったという点だけでなく、さまざまな明示的な「型」の集合体として享受されていたところもライトノベルの挿画につうじる。

明示的な「型」を取捨選択して、そこに創意工夫をつけ加えてコンテンツができあがるというのは、歌舞伎や落語、時代劇、本格ミステリ小説、ヒップホップなどの特徴だ。逆にいうと、一九世紀西洋の芸術、要するに近代芸術は、「型」の役割を過小評価し、人によっては「現実」から直接作っているると信じていたということになる。

現在私たちが江戸時代の文学と呼んでいるものには、漢詩や和歌のようなハイカルチャーから随筆・考証のような学問なのかジャーナリズムなのかわからないおもしろそうなもの、そして戯作、歌舞伎や浄瑠璃の台本、狂歌、俳諧（川柳を含む）といったサブカルチャーとしか言いようのないものまで含まれている。ハイカルチャーだった和歌もサブカルチャーだった俳諧も大なり小なり、やはり明示的な「型」の組み合わせで成立しているものだった。

「型」の使い回し批判としての写生

その「型」が気に入らなかったのが正岡子規という人だった。

明治時代、俳諧はそれまでなされてきた既存の言い回しや題材選択の蓄積の使い回しや順列組み合わせと化していた（と子規には見えた）。のちの世の人なら相互テクスト性とかデータベース消費といった言葉で記述するような状況だ。萌え絵が現実の人間ではなく先行する萌え絵の集積から作られ、アニメーションやライトノベルのキャラクターが現実の人間ではなくやはり既存キャラクター群の要素に触発されて作られる、というような。

そういう既存の言葉の使い回しに出てくる「雪」や「桜」と、俺ら三次元の人間が見たり触ったりするカギカッコなしの雪や桜とは、ずいぶんとかけ離れてるんじゃないか？

旧派の俳諧宗匠どもは二次元にしか発情できないオタクなんじゃないの？　もっとリアルな生身の雪や桜を記述しようぜ！　と子規は言ったのだ。

テンプレートと化した当時の俳諧を子規は「月並」と呼んで批判し、近代的なアートとしての俳句を作ろうとしたわけだ。

そのとき彼が依拠した言葉が「写実」であり「写生」である。彼は写生という概念を洋画家の中村不折（ふせつ）から教えられたと言われる。不折はのち夏目漱石『吾輩は猫である』の挿画を担当した人。

もちろんそうやって「写生」「写実」の結果できあがった近代俳句もまた言葉でできている。

だから誤解してはならない。いくら言葉の外の現実を見ても、言葉が使われてきた歴史を完全に否定し去ることはできない。でも、明示的な「型」、つまり表現のテンプレートの呪縛力を弱めることならできるかもしれない。

「写生」は、言葉のレパートリーを広げるためのもの

「写生」という妄念は現在の人をも呪縛している。俳句というものを「一瞬を切り取る」ものだと言う人がいるじゃん。でも、俳句はなにも切り取らないし写さない。

既存の俳句の「雪」や「桜」、歌舞伎の「色悪」、アニメの「眼鏡女子」といった「型」は文化的な蓄積であり、たしかに魅力のリソースである。現実の雪や桜や眼鏡女子を見たときに、私たちはそういう「型」をつい投影してしまう。そのことにはそれなりの味わいというものがあり、美というのはそういう一面を持っている。

いっぽう現実のカギカッコなしの雪や桜や眼鏡女子には、そういう既存のイメージ群からはみ出す要素だっていくらでもあるはずだ。それを発見して作品に反映させるということが本来、写生と呼ばれている。

だからそれは、現実を写して報告することとは違う。それなら写真のほうがまだしも精度が高い。まあ写真だってぜんぜんほんとうじゃないんだけど。ていうかなにがほんとう？ 「実」ってなに？ ついでに訊くけど僕って何。

現実の雪や桜を見るのは、そのほんとうの姿を記述するためではない。既存の「型」に含まれない表現、あるいは日常あまり言われない表現を見つけるためなのだ。

つまり、「ほんとうの姿」とやらを記述するためではなく、既存の「型」の蓄積という巨大な山の上に新ネタという小石を載せることができたらいいな〜、という感じで見ることなのだ。現実を見るのは現実を報告するためじゃなくて、言葉のレパートリーを広げるためとしか私には思えませんけどね、どう考えても。

その意味で「写生」概念は、旧ソ連の批評家シクロフスキーの言う「異化」概念にもつうじる考えかたなのだと私は勝手に思っている。

ふだん使っている手垢のついた言葉は、効率よくパターン化した思考のテンプレートなので、見馴れたものを見馴れたように書くことしかできない。いっぽう言葉が更新されたとき、馴れ親しんできた対象がまるで初めて見る奇異なものに見える。これが異化だ。そのためには、ふだん使いの言葉の外に出るしかない。

その方法として子規は、対象を直視して言葉を捜そうとしたのかもしれない。

ポエムは知覚・認識の動詞が好き

「写生」は、現実を報告するためのものではない。知覚・認識の動詞には注意しなければならない。これは俳句ではよく言われることです。

俳句で「××を見た」「××を聞いた」「××を感じた」「××を思った」という報告をする人がけっこういる。知覚・認識の動詞をそういうふうに使うのって、小学校の国語の時間に書かせられた詩とか作文みたいだ。

オルガンの窓辺に見ゆる花菜（はなな）かな　　落選句

花菜は「かさい」と読むとブロッコリーなどの花を食べる野菜一般をさすが、俳句では菜の花の別名で「はなな」と読む。この句は構文が曖昧なので、オルガンが見えるのか花菜が見えるのかよくわからないが、とにかくオルガンとか花菜とか書いてあれば、読んでるほうは「あー、見えたのね」と思うのだから、わざわざ「見えた」まで言わなくてもわかってます。

子規は「柿くへば鐘が鳴るのが聞こえけり」と書いたのではない。〈柿くへば鐘が鳴るなり法隆寺〉と書いたのだ。高浜虚子は「遠山に日の当りたるのが見えた」と書いたのではない。〈遠山に日の当りたる枯野かな〉と書いたのだ。

知覚の動詞には「見る」「聞く」「嗅ぐ」「味わう」などがある。いっぽう認識の動詞の代表が「思う」だ。この両方を一句のなかに入れた剛の者もある。

苺みて思春期のころの我おもう　　落選句

苺で思春期とか青春を持ち出すのは年寄り臭いテンプレートなんだろうな。ほとんど同じ句が他の人からも投稿されてくる。

苺食う十七の恋思いだし　落選句

そっくりだ。ポエムは現代の「月並」。テンプレートだけで俳句を作るとこうなるんですね。

ポエムは「こんな私ってステキでしょ?」と悦に入る

知覚や認識の動詞は、「え、わざわざ言わなくてもわかるよ」と思わせやすいだけではない。そうした句のイタさをもう一歩踏みこんで解説しよう。

「東京マッハ」vol.1のときに、長嶋有が俳句の「メタ性」について述べている。俳句のおもしろさは句の内容だけにあるのではなく、「そんなことを俳句にしてしまっている」、というところにあるというのだ。

たとえばこんな呆れるような句（褒め言葉です）がある。

鳥の巣に鳥が入つてゆくところ　波多野爽波

意外に「鳥の巣」は春の季語だったりするんだけどそれはともかく、呆れるほどなんにも言ってない句だ。この句には「を見た」「が見えた」などの知覚の動詞が書かれてない。にもかかわらず、この句の持つ味って、「そんなことを俳句にしちゃってる波多野さんて変！」というメタなおかしさにあったりする。

逆に知覚・認識の動詞を使った句がポエムになりやすいのも、このメタ性のせいだ。苺の句は結局のところ、苺ではなく「苺を見て思春期を思い出しちゃってるワタシ」のほうが主役になっちゃってる。その「ワタシ」が、「そんなワタシってステキでしょ？　そんなワタシを見て！」と訴えているだけの、いわゆる「風流ぶり」だ。この「悦に入ってる感」がけっこうつらいんです。読者に「ステキ」とか「変」とか言われるのではなく自分で「ワタシってステキ（変）でしょ？」と言ってるわけで、まあリアルにもそういう人いますけどね。あまり長時間いっしょにはいられない。

知覚・認識の動詞を使って敢えて書かれたいい句というのも、もちろんいっぱいある。参考にされたい。

便所より青空見えて啄木忌　　寺山修司

蟻地獄松風を聞くばかりなり　高野素十（すじゅう）

また「思う」は「を思う」と使うと「ひとりごと」だけど、「と思う」と使うと対話的。覚えとくといいよ。

湯豆腐や死後に褒められようと思ふ　藤田湘子

露地裏を夜汽車と思ふ金魚かな　攝津幸彦

ポエムは待つのが好き

知覚・認識の動詞のほかにこうなりやすい動詞には「待つ」という動詞もある。ポエマーはなにかというと、なんかを「待っている」という句を作りたがる。以下落選句から。

盆梅や張りつめて水脈を待つ

通勤の影を測りつ待つ芽吹き

珍客を昼寝して待つ木の芽時

ござ敷きの手酌ワインで花を待つ
信号と赤蜻蛉待つべスパかな
靴紐を結ぶ姿勢で月を待つ

多いですか？　ほんの一部なんですけどね。「待ってるワタシってステキでしょ？　そんなワタシを見て！」な感じの俳句はホントに多かった。

「待つ」は俳句でいちばん使いにくい動詞のひとつだ。理由は簡単。待つという動詞はなんの動作もあらわさない。その人が待っているかどうかは傍目ではわからない。心のなかばかり表現している、ひとりごとポエム向きの動詞なのだ。

もちろん「思い出す」「悲しむ」なども心のなかばかり表現している動詞なんだけど、「待つ」がタチ悪いのは、一見感情じゃない動詞に見えちゃうところなんだよなー。

ポエマーが使いたがる動詞には他に「揺れる」「瞬く」「浮かぶ」「漂う」「けむる」「透ける」などがある。私はこれらをポエム動詞と呼んでいる。ちょっと頭を使えばたいていのばあい使わずに済ますことができるのだが、ポエマーの人はこういうのが大好きなのだ。なにかというと星を「瞬」かせるし、草花を「揺」らすし、なにかを「待つ」。

おどる（踊る・躍る）もポエム動詞と言っていい。〈少年の帽子におどる木の実かな〉〈落選句)。帽子のうえに木の実が落ちてきたのか、それとも木の実が帽子の飾りとなっているのかもしれない。

「そう書かずにおどるって書いたワタシってステキでしょ?」

はいはい。めるへんめるへん。

ポエム動詞とは、要するに「小学生が作文で書くと脇の甘い先生が喜ぶタイプの動詞」なんだと思う。

星は瞬かせるな。草花は揺らすな。主人公は待たせるな。

ポエマーは孫、猫、酒が好き

前掲の藤田湘子『20週俳句入門』に印象深い指摘がある。老人が作った孫の句は、当人がでれでれしてるだけだから読んでられないというのだ。

作品が幼稚っぽくなるのは、子どもや孫を詠んだとき。作者も子どもっぽくなって子どもレベルの句を作ったり、孫可愛やの常識作になってしまう。不思議なことに、これも俳句の作りはじめには必ず子ども、孫を詠むようだ。私がカルチャー教室などで、「句に詠んでも成功しないからやめるように」と言っても、詠う。けれどダメなものはダメなんです。「子ども等」なんてやったら一巻の終りと覚悟。

藤田は猫好きが作った猫の句もダメ、とどこかで言っていたような気がする。私は猫好きだが、猫の句をほとんど作らない。

私はむかしからこれに加えて酒の句も「酒ポエム」と呼んできた。酒の俳句はその着地点が同じになってしまいがちなのだ。以下落選句から。

ほっこりと湯上りの酒木の芽和え

輪郭の際立つ酒と木の芽和

酒呷（あお）る孤独のとなり木の芽揚げ

ぎやまんの一人飲む酒夏めいて

縦横比かはりたる顔冷の酒

季語はみな酒呑む理由小望月

月見酒飲むほどとどかぬ我がことば

寝酒する肴口にす誰かの名

全部違う人からの投稿句だが、まるで同じ人が八種類の俳号で応募したかのようだ。とくに独酌っぽい感じのものが多い。村上春樹のジェイズ・バーとか池波正太郎の鬼平とかそういう世界が好きなのかな。

「ひとり呑んでるワタシってオトナでしょ？　そんなワタシを見て！」

はいはい。ハードボイルドハードボイルド。

2　ひとりごとは隠喩的、対話は換喩的

ポエムは隠喩が好き

ここで修辞(レトリック)の話をしたい。直喩・隠喩・換喩という三つのタイプの比喩についてちょっと考えてみたいのだ。ただし、最終的には発想というか「構え」の話なので、修辞の話はあくまでマクラです。

まず、千堀連載の落選句から直喩の実例を挙げる。

わが恋も雪のごと消ゆたなごころ

重ね着や異邦の民の群れのごと
引鶴の手を振るような翼かな

名詞とか動詞のあとに「(の)よう」「みたい」「(の)ごとし」といった語をつけることで他の名詞や動詞を修飾するのが直喩だ。つまり、xはyのようだ、xはyに似ている、という形が直喩。

先に挙げた句では「恋が消えるのが雪が消えるのに似ている」「重ね着をした人たちが異邦の民の群に似ている」「引鶴(越冬を終えて北に帰る鶴。春の季語)の翼の動きが、人が手を振っているのに似ている」ということになる。三句目は擬人法に一歩踏み出している。

詩歌に興味のない一般人はこういう句を見ると「だからどうした」と言うだろう。私も言うね「だからどうした」って。こういうのが「でっていうポエム」だ。

「よう」「みたい」「ごとし」を使わずにxをyと言いかえると隠喩(暗喩、メタファー)になる。これも落選句から挙げてみる。

初虹の窓に飛沫のうろこかな

夏めくも春来ぬ娘そばにおり

一句目。窓についたなにか水分のしぶきが魚類か爬虫類の鱗みたいだ、と言っている。最初に挙げた直喩の三句は「よう」「みたい」「ごとし」を使って「xはyに似ている」という構文だった。いっぽう〈飛沫のうろこ〉は同格の「の」(「日本酒のよーく冷えたやつ」とか「父ちゃんのバカ!」とかの「の」)を使って「xはyだ」という構文になっている。

二句目になると、xが省略されてyだけになっている。修辞が慣用句になっているケースなので、これが修辞であることに気がつかない人も多いかもしれない。

ここでの〈春〉は四季のひとつではなく、そこから転じた「楽しい時期」あるいは「恋のチャンス」という意味だ。恋のチャンスを「春」と呼ぶのは、どちらもネガティヴ状況(冬、ひとりぼっち)のあとにぱっと花が咲く感じだから。この「花が咲く」ももちろん隠喩的慣用句ね。

語の転義は隠喩に由来するものが多い。たとえば身体の部分から隠喩的に派生した転義の例として、壜の「口」、椅子の「脚」、暴走族の「頭(ヘッド)」といったものがある。動物でもないのに椅子の「脚」と呼ぶのは、動物も椅子もその数本に支えられて立っているから。動物でもないのに駅の東「口」と呼ぶのは、そこからものが食べ物のように入ったり、息のように出たりするからだ。

阿部筲人は前掲『俳句　四合目からの出発』のなかで、〈箸にも棒にもかからない古臭さ〉の例として〈夏蝶の舞ひや乱れて安からず〉〈新緑を出づるや滝の帯白く〉〈メーデーの波に泳いで歌ひまく〉（原文では強調に「」を用いているが引用者の責任で傍点にした）などを挙げ、つぎのように書いている。


〔暗喩（隠喩）の使用では〕初心は、至極薄手で、裏が見透かされやすいもの、古臭いもの、平板なもの、通俗的なもの、陳腐なものなどに引っ掛ります。

〔……〕蝶の舞は、「花笑ひ、鳥歌ひ、蝶は舞ふ」の三大陳腐さの一つ。滝の白い帯も平俗です。「人波に泳ぐ」も通俗的の平俗さで、その上「歌ひまくる」の俗語さえ誤用します。


もうけちょんけちょんです。

この狭義の隠喩とさっきの直喩の全体を合わせて、xとyとの類似に基づく修辞を広義で隠喩と呼ぶことが多い。多いんだよね、「xをyと言い換えるのが俳句である」という考えを持ってる人って。

こういう句にはどうも、小学生の作文を読まされているような幼稚さを感じる。小学校の先生というものは、「月が照っていました」と書く子どもより「お月さまが笑っていました」と擬人法で書く子どものほうが好きな人種が多いんだろうな。それじゃポエマー製造機だよ。

「落差」で成功する隠喩もある

ブルガリア出身の文学研究者ツヴェタン・トドロフは『言語理論小事典』（一九七二）の「文彩」の項で、隠喩を〈語を、通常の意味に似ているけれど違う意味に用いること〉（拙訳）と定義した。〈似ている〉とは、つまり共通する特性（属性）を持っているということだ。さっきの例でいけば、動物の口・脚・頭と共通する特性を持っているから、壜の「口」、椅子の「脚」、暴走族の「頭（ヘッド）」と言うわけだ。

また、小説『薔薇の名前』でも知られるイタリアの記号学者ウンベルト・エーコはこう述べた。

> かりに《犬》と《僧侶》という意義素は、いずれも（主人に対する）《忠実さ》と《防禦》（犬は主人を守るし、僧侶は宗教的信念を守る）という同一の共示義を有していると

しよう。これさえ認めるなら、一二世紀に托鉢僧の一派を指して「主の犬」という隠喩が作り出されるのも簡単なことであった。

『記号論』（英語版一九七六）第二巻、池上嘉彦訳（岩波書店同時代ライブラリー、一九九六）

エーコはこのことを『物語における読者』（一九七九）でこう言い換えている。隠喩とは〈存在体x（特性a、b、cを備える）を、特性cにもとづく融合によって、存在体y（特性c、d、eを備える）の代わりに名指し、こうして、特性a、b、c、d、eを備えた一種の未聞の意味単位を予示する〉操作なのだと（篠原資明訳、青土社、二〇一一）。

ここではcという要素がxとyに共通するわけだが、大事なのはその共通点の指摘だけではない。a、bという特性はxにはあってyにはない。d、eという特性はyにはあってxにはない。成功した隠喩とはむしろ、xとyとの相違点・落差によって支えられているということが言えるのではないか。

直喩・隠喩で「モテそう」なものを挙げておけば傍証になるかもしれない。

金剛の露ひとつぶや石の上　川端茅舎

ところてん煙のごとく沈みをり　日野草城

ナイターのみんなで船に乗るみたい　三宅やよい

露（秋の季語）と金剛（私の解釈では金剛石（ダイアモンド））、ところてん（夏の季語）と煙、ナイター（同）とみんなで船に乗ること、それぞれの違いがむしろ際立ってくる。

逆に言うと、「恋が消えること」を「雪が消えること」に喩えたところで、たいした落差が出ないということだ。

あらゆる金属に魅せられ街を旅のように　金子兜太（とうた）

これはyが〈旅〉でありながらxが明記されないケース。歩く、散歩する、迷う、なんでもいいけれど、とにかく「旅と共通点のある、旅ではないなにか」がなされていることがわかる。

隠喩にはさらに、共通する特性cがなかなか見当たらないケースがある。

余罪あるかに頭上より蟬時雨　友永佳津朗

白菜のように子守唄の転調　宮崎斗士

船長のように蜜豆食べている　宮崎斗士

一句目、頭上からの蟬時雨がこちらの余罪を言い立てるかのようだ、という句。これはまだ蟬時雨と告発との共通点cが「上から言われる」という状態として、事後的にどうにかこじつけられるかもしれない。

しかし二句目、三句目はどうだろうか。

二句目の、転調が白菜みたいだ、というのはもう、落差だけを楽しむ句なのだ。というかこの句のおもしろさは〈子守唄の転調〉のほうにある。子守唄に転調があったら気になって子どもが目覚めてしまうのではないか、というような。

三句目になると、船長のようだと喩えられているxは蜜豆を食べているようすの全体である。では、そもそも船長のような食べぶりとはどんなものなのか？　これがこの句によって呼び起こされる楽しい問いなのだ。宮崎斗士はこういう飛躍一発な直喩形式の二物衝撃を得意とする俳人だ。

ここでは蟬時雨と余罪告発、転調と白菜、蜜豆の食べぶりと船長のたたずまいとの共通する特性cを、俳句がぬけぬけと事後的に捏造（ねつぞう）している。エーコが言う〈未聞の意味単位〉がここで発生するわけだ。大胆な隠喩と言われるものは、たいていこういう挙動をする。

でもこのタイプの隠喩（とくに直喩）には大きな難点がある。いくらでも（悪く言えば出鱈目に）作れてしまうこと。いや、作っちゃえばいいんですけどね。どんどんランダムに作って、おもしろいものだけ残せばいいんだけど、宮崎斗士じゃない私たちがこのやりかたを真似すると、このやりかた自体がつまんなくなってしまう。そういうのは村上春樹に任せておけばいいんじゃないでしょうか。

「すごく可愛いよ、ミドリ」と僕は言いなおした。

「すごくってどれくらい？」

「山が崩れて海が干上がるくらい可愛い」

緑は顔を上げて僕を見た。「あなたって表現がユニークねえ」

「君にそう言われると心が和むね」と僕は笑って言った。

「もっと素敵なこと言って」
「君が大好きだよ、ミドリ」
「どれくらい好き？」
「春の熊くらい好きだよ」

『ノルウェイの森』下巻（一九八七、のち講談社文庫）

そういうわけで、幼稚か、手垢がつくか、さもなくばポエムっぽいか、のどれにもならないように隠喩を使うには、けっこうなセンスが必要なのだと思う。

読み手・聞き手に預けるのが換喩

じゃ、どうしたらこういうポエムや隠喩の暴走を止めることができるのか、という話をしましょう。

隠喩とは「似ている」（類似性・共通点）という観点からxをyと言い換えるという発想である。「類似とか共通点で纏める」というのは人間の脳の基本的な作業だ。

人間の脳作業には「類似とか共通点で纏める」のほかに、「そのものと関係があるもので代用する」というのがある。xをyに置き換えるときに、「似ている」ではなく「関係がある」（隣接性・関連性）に着目しておこなうという作業だ。これを換喩という。

隠喩だとxの全体を、それに似ているyで言い換える。換喩だとxを、それに関係のあるy（xに附随するもの、xの一部分、xの所在する場所など）で言い換える。つまり全部言わずに相手に預けるのが隣接性による操作、換喩的思考というわけ。

人数のことを頭数（あたまかず）と言うでしょう。「人」と「頭」は形が似ているわけではない。「頭」が「人」の一部分なのだ。こういうふうに「全体を言わないで一パーツを言う」のは換喩の典型。

佐藤信夫が『レトリック感覚』（一九七八、のち講談社学術文庫）で挙げている換喩の有名な例がこれ。

春雨やものがたりゆく蓑と傘　蕪村

春の雨のなかを蓑と笠とがなにかをごにょごにょ話し合いながら歩いているという水木しげるの妖怪漫画のような句……ではない。〈ものがたりゆく〉のは蓑をつけた人と傘をさした人（というか、たぶん笠をかぶった人）だ。

「カラオケでＡＫＢ48を歌った」「サザビーズにピカソが出た」と言うけれど、正確にはグループを歌ったのではなくて「AKB48の歌」を歌ったのだし、オークション会場に画家の幽霊が出たのではなく「ピカソの作品」が競売にかけられたのだ。こういうふうに「それ自体を言わないで起源・帰属先を言う」も換喩。

政界の動向を国会議事堂の所在地から「永田町の動向」と言う。株価の動きを取引所の所在地から「兜町（かぶとちょう）（あるいはウォール街）の動き」と言う。ドラマなんかでは警視庁上層部の思惑を本部の所在地から「桜田門の思惑」と言う。「それ自体を言わないで所在地を言う」換喩。

つまり「それ自体を言わないでそれに関係があるものを言う」が換喩なのだ。

こんどはむかしのコンテンツのキャラクター名で隠喩と換喩の違いを見てみよう。

隠喩――『ど根性ガエル』に出てくる番長キャラ・五利良イモ太郎（通称ゴリライモ）、『キテレツ大百科』のガキ大将キャラ・ブタゴリラ、『ちびまる子ちゃん』のブー太郎（本名・富田太郎）などは、ゴリラっぽい、あるいはブタっぽい見かけのキャラクターなので、類似性によるネーミングだ。

佐藤信夫に従って言えば、雪のように白いから白雪姫、という型のネーミングだ。これが隠喩。

換喩──押井守のアニメ版『うる星やつら』に登場する「メガネ」は、べつに眼鏡に似ているわけではなく、眼鏡をかけているからメガネであり（「全体を言わないで一パーツを言う」）、必殺シリーズで藤田まことが演じたスーパーヒーロー中村主水が仲間から「八丁堀」と呼ばれていたからといって東京都中央区のあの土地に似ていたわけではなく（それってどんな状態？）、町奉行所同心の例に漏れずそこに住んでいたからそう呼ばれたのだ（「それ自体を言わないで所在地を言う」）。

ふたたび佐藤信夫ふうに言えば、赤い頭巾をかぶっているから赤ずきんちゃん、髭が青いから青髭公、という型のネーミング。これが換喩だ。

これって気持ちのうえからいうと、

隠喩は「似ているべつのものに言い換える」。

換喩は「関係があるべつのものに言い換える」。

で、隠喩というのは詩（「ポエム」を含む）に向いていて、いっぽう散文や俳句には換喩的思考のほうが大事だと思うんだ。

「じゃあ蕪村がやったような換喩を入れたほうが俳句の出来がいいの？」っていう話じゃ

ありません。大事なのは換喩そのものではなく、換喩的思考ってことなんです。修辞の話はあくまでマクラと言ったよね。ここからやっと本題です。

あなたは隠喩人間？　換喩人間？

類似・共通点で纏める隠喩的思考と、隣接性でずらしていく換喩的思考。このふたつは私たちの脳の基本的な操作なのだ。これはロシア出身の言語学者ヤコブソンが「言語の二つの面と失語症の二つのタイプ」という論文で述べたことだ。

人間の思考に「類似性で考える部分」と「隣接性で考える部分」とがあって、たがいに対立し合いながら両輪となって人間の思考を支え駆動している、それがたまたま修辞の部分に出てきたのが隠喩と換喩だ。というふうに「言葉」「修辞」を超えた水準で喝破したところがヤコブソンの凄さ。

たとえばフレイザーの『金枝篇』に出てくる類観呪術は隠喩。太鼓で雷に似ている音を立てて雨乞いをしたり、丑(うし)の刻参りに見られるとおり人間に似ている形の形代(かたしろ)をいたぶることで呪ったりする。いっぽう感染呪術は換喩。相手の体の一部分、たとえば髪の毛や爪を入手して呪う。

フロイトの『夢判断』でも、夢のなかで対象をそれに類似したべつの表象で置き換える隠喩的操作と、対象に関連するべつのものがくっついて出てくる換喩的操作があるとされている。

人形愛や二次元好きが隠喩で足フェチや下着泥棒が換喩かどうかはめんどくさいので各自考えてください。

いまの私たちに関係あるのは、ヤコブソンが指摘するとおり、隠喩的思考が詩に、換喩的思考が散文に親和性があるってところだ。

ヤコブソンが言うとおり人間の言語意識には隠喩軸と換喩軸とがあるのだろう。これらはふたつとも基本的な脳の営みなのだから、どちらかが欠けると困ったことになる。失語症に隠喩不全型と換喩不全型があるというのは、それを指摘しているのだと思う。

そこまで極端な偏向ではないかもしれないけれど、表現の傾向を見るかぎり、そもそも隠喩的発想に親和性のある隠喩人間と、換喩的発想が発達している換喩人間がいるのではないだろうか。そして日本では、絵本や幼児期の国語教育で隠喩や擬人法がクリエイティヴなんだと思いこんだ人にかぎって、詩歌を書きたがるんじゃないかなー。

正直言うと私は隠喩俳句があまり好きではない。隠喩的な思考は俳句には向いてないいんじゃないかとさえ思う。心が狭い。

隠喩的な構えの人は、一句全体を自分の「感性」とか「心象風景」とかの隠喩にしようと考えているふしがある。

「感性」も「心象風景」もその手の人が使いたがる言葉で、私は自発的には使わない言葉なので括弧に入れてみた。ほんとは、

「『〔《【（〝｛感性｝〟）】》〕』」

というふうに何重にも括弧で括りたい。直接触りたくないので焚火トングでつまんでいる感じ。

隠喩というのはxの全体がyの全体によって置き換えられている。隠喩を使いたがるポエマーはそもそも発想が隠喩っぽいもんだから、「『〔《【（〝｛心象風景｝〟）】》〕』」の全体を俳句で置き換えている。ポエマーは世界にたいして隠喩的に構えているといえる。

第二章で引用した又吉直樹さんとの鼎談を思い出してほしい。

又吉　モノボケにしても、これ（手元のペットボトル）を例えば「東京タワー」と言ったのでは見たままですよね。そこで「親分、今月分のお水です」とボケたら、その世界ではお水が何かそういうのになってんのかなということやから、まだ広がっていると思うんですよ。

千野　今、「今月分の水です」の前に「親分」ってつけたでしょう。親分ということは、

言っている人は子分なんだと思う。

堀本　関係性をちらっ、と見せている。

千野　そうそう。どんな状況なんだろうと思いますよね。何だろうと。

堀本　裏に物語があって。

千野　そうそう、ストーリーがあるんです。

又吉　俳句もそうですね。

ペットボトルの全体を〈「東京タワー」と〔……〕見たままで〉言っちゃうのが隠喩的に構えるポエマーだ。いっぽう、〈「親分、今月分のお水です」とボケ〉て〈その世界ではお水が何かそういうのになってんのかなということやから、まだ広がっていると思〉わせる又吉さんのモノボケは、聞き手が全体を作り上げるための一パーツになっている。

俳句もこういうものだ。換喩的な発想で、相手に意味・解釈をゆだねる構えを持つのが、バフチン的な意味での散文精神を知る「俳人」なのだ。

3　読者はあなたの人生なんか知らない

炬燵は年寄り臭くて暖炉は若い？

何度も言うが、『20週俳句入門』はいい入門書だ。自分が実作を始めたときにもこの本を読んだし、どんな入門書がいいかと問われれば、いまでも私はこの本を奨めている。

とはいえ、あれ？　と思う箇所もある。それは著者個人にたいする異論というより、俳句教室や結社という言説空間にたいする違和感だ。

同書は二〇代から六〇代まで男女数名のお弟子さんを指導添削していく、というスタイルで書かれているのだが、ある箇所で著者はお弟子さん（三〇代だったか）の〈文庫本読みおわりたる炬燵（こたつ）かな〉という句を添削していた。

いわく——これじゃ年寄り臭い。あなたは若いのだから炬燵ではなく暖炉にしなさい。

〈文庫本読みおわりたる暖炉かな〉。

この一節を読んで、ちょっと驚きませんか？　私は驚いたね。

炬燵より暖炉が若々しいって俳句独特のルールなのだろうか？

季語としての炬燵は雪国の古民家にある掘り炬燵のような民具を指し、学生のワンルームにある無印良品の電気炬燵は季語にならないのだろうか？

この部分でもっと気になったのは、著者がお弟子さんの実年齢をもとに添削していたところだ。では六〇代のお弟子さんだったら添削しなくていいのか？　八〇代のお弟子さんだったら「炬燵でもまだ若い」とかってべつの暖房器具に変えられてしまうのか？

なにを根拠に、句の発話主体（主人公）を生身の作者と同一視しているのだろう。

しかし、この「発話主体とは生身の作者のことである」という図式を信じている人がけっこういる。「作者は池のほとりで」とか「また春を迎えた作者の喜びが」などという書きかたは、俳句にかぎらず、詩歌の読解においてよく見られる。じっさい、一般向けの本では「俳句は一七音の日記である」「俳句は言葉のカメラで現実を写す」といった隠喩も見かける。貶(けな)し言葉として「この句には嘘がある」とかいう言いかたもあるらしい。おいおい。


秋元康はセーラー服を脱がされそうになったのか？

山田耕筰の作曲で有名な「赤蜻蛉」を三木露風が発表したのは一九二一年のことだ。以下に与田準一編『日本童謡集』（岩波文庫、一九五七）から一番と三番を引用する。

夕焼、小焼の
あかとんぼ
負われて見たのは
いつの日か。

十五で姐（ねえ）やは
嫁に行き
お里のたよりも
絶えはてた。

以前、某国立大学の社会学の先生のプレゼンテーションを聞いていたら、その先生がこの三番を挙げてこう言ったのだ。

「三木露風の姉は一五で結婚した」

「ちょ、待ってください、そのソースは？」

私が質問すると、その先生はこう答えた。

「え、この詩ですけど」

どこっこんでいいのかわからない。ねえやってのが姉だと思っていた日本語力も凄いが、詩をソースにするとは社会学のデータ処理にも恐れ入る。じゃあ阿久悠はほんとにひとり連絡船に乗り凍えそうな鷗（かもめ）見つめ泣いていたんですか？　秋元康はほんとにセーラー服を脱がされそうになったことがあるんですか？

ちなみに後日調べてみたら、三木露風は第一子で姉はいなかった。

作者と作中の発話主体とを混同するという態度は、このように日本では広く支持されている。これは嘘と虚構の違いを認めないという態度だ。つまり、

「人間のくせに吾輩は猫であると書いたり、教師から小説家になったくせにおれは松山から帰京して電車の運転手になったと書いたりしている、漱石という男は嘘つきだ」

と言うようなものだ。だったら〈じゃんけんで負けて螢に生まれたの〉を書いた池田澄子さんは螢か。

俳句入門書を読んでいると、写生の秀句を挙げても、

「このリアルっぽく捏造する言語技術に感心しなさい」

とは書いていない。むしろ、

「これは作為を排する素直な境地の産物である。この姿勢に感心しなさい」

というニュアンスを感じることが多い。「句の発話主体イコール生身の作者」という見かたは俗情と結託しやすい。技術論より人生論にしたほうが入門書は売れるんだろうなー。

バイオ込み鑑賞文の伝統

「句の発話主体とは生身の作者のことである」という無根拠な図式は、俳句の鑑賞にも作用している。

短詩型の周辺には、「鑑賞文」という独特のジャンルが存在している。朝日新聞朝刊一面でかれこれ三〇年近く続いた大岡信の『折々のうた』は岩波新書にして一九巻の大作であり、山本健吉の『現代俳句』（角川選書）『句歌歳時記』（新潮文庫）と並ぶ短詩型鑑賞文の金字塔といったおもむきがある。

鑑賞文と短詩型の関係は切っても切れない。私たちは俳句を読んだ瞬間に頭のなかに鑑賞文のタネのようなものができてしまう。句会はその鑑賞文を複数の人たちがナマで出し合うブレーンストーミングだ。公開句会「東京マッハ」は、鑑賞文を大喜利状に披露し合う形式の演芸である。

つまり俳句と出会ったリアクションを分析的に敷衍（ふえん）したものが鑑賞文というわけ。鑑賞文にせよふだんの句評にせよ、評者にはセンスと経験と教養が問われる。だから、句会に出なくても他人の「読み」を知ることができるというのが鑑賞文のメリット。

ただ、注意してほしいのは、鑑賞文を「唯一の正解」だと決めつけないでほしい、ということだ。評者のコメントが、それを読む前に自分が句にたいして感じたことと矛盾しなかったら「よかった〜、ハズレじゃなかった」と安心する、というような答え合わせの読みかたはしないほうがいい。

「東京マッハ」でもおなじみ堀本裕樹も、俳句鑑賞本『十七音の海』のまえがきに、〈私の解釈や説明はあくまで目安にしていただき〉たいと書いている。

鑑賞文を読むときには、作者の伝記情報に振り回されないことだ。大事なのは「どんな人が書いたか」ではなく「どんなふうに書いてあるか」だ。

鑑賞文というものには厳然たる形式がある。最初に俳句なり短歌なりの短詩型作品を、作者名ともども掲げる。この部分だけ活字が大きかったりすることも多い。続いて、しばしば少しスペースを空けて、評者が一五〇〜五〇〇字程度の分析的なコメントをつける。

戦後から高度成長期くらいまでは、学校で、いまのような「国語の授業」ができあがった時期だ。と同時にさまざまな俳句結社ができて広がっていった時期であり、俳句の大衆化とともに、現在につながる入門書や鑑賞文のスタイルが形成・画一化されていった時期でもある。いまの俳句の鑑賞文と国語の学習指導要領って、同じ文学観の上に立っているのだ。

その時期は、「文学」というものにたいして私小説っぽいイメージが漠然と期待されていた時期だった。以後現在まで、石川啄木とか宮澤賢治、中原中也、種田山頭火、金子みすゞなどにはじっさい、単体としての詩作品より作者の伝記情報に詳しい読者が多い。それって読者じゃなくて信者なんですけどね。

そういう文学ファンの信者根性が俳句の「人間探求派」的イメージに合致した。当時の俳句の先生たちは、俳句の私小説的な読みかたを大衆向け入門書のスタンダードに採用しちゃったんじゃないか、そしてビッグネームどうしで「俳人のライフストーリー」を読者に刷りこんでいったのではないかなーと思うのだ。

そうしたスタイルは、現在にいたるまで脈々と継承されているように思える。掘やんの『十七音の海』は、上品であたたかい文体で書かれた正統派の鑑賞本として、楽しく読めて役にも立つ、文句なしにいい本だ。でも、ちょっと勿体ないな、と思うところがある。

同書に取り上げられた有名な句に、

夢に舞ふ能美しや冬籠　　松本たかし

がある。

この句を鑑賞するために、知っておかなければならないことはいろいろある。〈冬籠〉は「ふゆごもり」と読むこと。それが季語だということ。作者・松本たかしが元はっぴいえんどのメンバーだった作詞家ではないし、代表作が松田聖子の「赤いスイートピー」ではないということ。

さて、堀やんの鑑賞文は、こんなふうに始まっている。

> 作者は宝生流（ほうしょうりゅう）の能役者の家系に生まれましたが、病弱のために能は断念せざるを得ませんでした。能の代わりに俳句に打ち込む人生を選んだのです。
> この句は、断念した能を夢のなかで舞っているのです。
> 『十七音の海　俳句という詩にめぐり逢う』（カンゼン、二〇一二）

さて、私たちはさっきの〈夢に舞ふ能美しや冬籠〉のどこに、こういった作者のバイオグラフィを見出すことができるだろうか？

もちろんできない。できるわけがない。堀やんはおおかたの初心者の知らない情報知識を持ち出している。ズルい。こんな知らないことを持ち出されたら初心者は、俳句のことを何も知らない自分より、鑑賞者のほうが正しいと思うしかないだろう。

こういうバイオ込みの鑑賞が間違っているわけではないし、これが好きな人がたくさんいるのは知っている。また作者のバイオを完全に払拭（ふっしょく）しなければ正しい鑑賞ができないなどと言うつもりもない。けれど、せっかくの俳句を「一行私小説」にして読みの可能性を狭めてしまうのはもったいないと思っちゃうんだ。

そういう読みかたをしてしまうんだったら、田山花袋や太宰治や西村賢太の小説を読んだほうが楽しいって。彼らの私小説のほうが逆に本文以外の情報なしでちゃんと読めるし。

正直に書くと〈夢に舞ふ能美しや冬籠〉って句は、私には甘すぎる。私が選者をやってる連載にたまに投稿されて一次予選にも残らない、そういうタイプの句だ。

松本たかしならもっと好きな句がある。たとえば、〈秋扇（しゅうせん）や生れながらに能役者〉〈たんぽぽや一天玉の如くなり〉とかね。前者の〈能役者〉の句を読むのに、作者の伝記情報ってべつに要らないと思う。

バイオ込みの読みかたは、『伊勢物語』のような歌物語と近代の私小説とが合体したようなものである。また古い番組で申しわけないが、一〇年以上前に終わった日テレの朝ワイド『ルックルックこんにちは』内「ドキュメント女ののど自慢」とかラース・フォン・

トリアー監督の映画『ダンサー・イン・ザ・ダーク』、あるいは中島哲也監督の超傑作『嫌われ松子の一生』を思い起こさせる。苦難に満ちた作者のライフストーリー情報をさんざん見せたあとで「それでは歌っていただきましょう！」というあの形式。

俳句をそういうふうに読むのって、作者の人生を「唯一の正解」にしてしまう、勿体ない読みかただと思うのだ。

「作者の主人公化」は有名人にしか起こらない

「バイオ込み」の鑑賞にハマってしまう人って、自分の作品も自分のバイオ（ライフストーリー）を踏まえて作ってしまい、自分のバイオを踏まえて読んでもらいたがるんじゃないかなー。つまりポエム俳句を量産してしまう傾向があるんじゃないか。

でもね、同じような句を作っても、歴史上の有名俳人なら鑑賞文に取り上げられて、無名だと投稿企画の一次予選にも残らないんだよ？

あなたがどんなに自分の人生を背負って、それを踏まえて自分の万感の「思い」とやらをこめて句を作っても、句会の相手はあなたの人生のこと、一グラムも知らないんだよ？

あなたは句会で評価が低かったときに気を悪くして、「批判しないでください、私の思いがこもってるんですから」と言いたくなるかもしれない。

「違うのよ、この句はね……」といきなり自作解説を始めて「読めてない」他のメンバーを説得したくなるかもしれない。

　でも、

「俳句の作者になれば、何者かになれる」
「私の作品も私の人生や思いを踏まえて読んでもらえる」
「俳句を作れば私の人生や思いを他人に承認してもらえる」

というのは、決定的な勘違いなんだ。

　ポエマーの人が考えている「何者かになる」って、つまり「この俳句の作者の人生ってこうなんだー」と読者に汲み取ってもらう、ってことなんだろうね。

「作者になりたい」と思ってない人、あるいは「自分はなによりもまず作者である」と思ってない人となら、句会やりたいな。そんな人だったら、自分のことを知ってほしいだけの「ひとりごと」を俳句にしたりしない。そんな人の俳句なら読みたい。

タンポポの　綿毛のようにふわふわと　42キロの旅に出る　　高橋尚子

短歌の良し悪しはわからないから、この作品が短歌としていいのか悪いのかは私にはわからない。この歌にむかって「下の句が七七じゃなくて七五になってるよ」とだれもツッコまないのは、みんなが作者が金メダリストだからだと知っていて、シドニーまでの彼女の人生をこの歌にいたる「歌物語」として鑑賞しているからだ。

俺らは高橋尚子のような偉人ではない。でっかい犯罪をやらかして注目を浴びてから獄中で作句するという気もない。何者でもない俺らは、「作者（＝私）の人生」なしで届く句を作ろうぜ。

芸人にとって「スベる」の反対は「ウケる」だけど、俳人にとって「スベる」の反対は「届く」だからな。

あとがき

大きな書店に行くと、俳句の入門書が常時何十タイトルも並んでいます。そのほとんどが「俳句の先生」が書いたものです。

私は俳句のワークショップをやることもあるけれど、「俳句の先生」ではありません。俳句の知識も経験も浅い。ただ俳句と句会について、「俳句の先生」とはたぶん違うやりかたで考えてきました。句会が楽しくなる条件てなんだろう。俳句が他の形式と違う点はなんだろう。そういった問いにたいする答えは、ヨーロッパ人が書いた小説の理論書だとか、お笑い番組だとか、俳句の「外」にありました。

だからこの本には、私が世界で初めて書いたこともいくつかはあります。俳句が詩ではなくて散文の切れっぱしだとか、文語俳句のほうがセンスのなさをラクに隠せるとか。反対する人はいるだろうなー。季語とか「切れ」といった重要概念については、ひょっとしたら気づかずに間違ったことを書いているかもしれません。詳しい人、ご教示ください。

俳句の読みかたや書きかたについて、言いたいことはまだまだいっぱいあります。ここに書いたことはほんとうに入門の入門、俳句のベースの部分のことです。じつのところ、本書で公開した以外にも、具体的なモテ戦略&脱ポエム対策はいろいろあります。機会があればもっと公開したいので、だれか私に機会をください。

さて、この本は、連載「千野帽子のマッハ575」の原稿をもとに、他の媒体に書いた文章の一部を加え、全面的に再構成したものです。

「マッハ575」は、週刊投句欄「飛び込め！ かわずくん」(『日経ビジネスオンライン』二〇一一―一二年)内の隔週コラムで、この欄は「千堀の投句教室575」(『日経ビジネスアソシエ』巻末連載)と連動したものでした。日経BPの山中浩之さん(連載担当)とライターの浅野白湯さん(連載構成。「マッハ575」命名者)、NHK出版の福田直子さん(新書構成。本書の命名者にして公開句会の言い出しっぺ)の三人がいなければ本書は存在しなかったでしょう。

また、アソシエで毎号素敵なカラー挿画を描いてくださった今日マチ子さんに、ここでお礼を申し上げます。ありがとうございました。

本書がこうして完成したのは、連載の数多くの投稿者のみなさん、公開句会「東京マッハ」の連衆である米光一成さん、長嶋有さん、堀本裕樹さん、池田澄子さん、川上弘美さんとの「対話」の結果でもあります。みなさん、ありがとうございました。

句会はメンバーさえよければほんとうに楽しいゲームなんです。そのあとのお酒はほんとうにおいしいんです。これをやらない手はありません。

「まとも」な言語センスがあってふつうに生きてる、詩歌に興味ない一般人のあなた、あなたが本気出したら、何十万人いるか知れないポエマーが一生かかっても書けないモテ俳句を書くことなんか、ちょい堅い蛇口ひねるより簡単なことなのさ。

モテ句って、それでもなんのことだかわからない？　じゃ、ダマされたと思って東京マッハを見においでよ。

二〇一二年夏　京都

千野帽子

本書で紹介した入門書、歳時記など

版元品切重版未定のものもありますが、中古で購入が可能です。

1 「作らない句会」「スタンド句会」用アンソロジー、句会録

・平井照敏（しょうびん）編『現代の俳句』（講談社学術文庫、一九九三）
・宗田安正編『現代俳句集成』（立風書房、一九九六）
・小林恭二『俳句という遊び　句会の空間』（岩波新書、一九九一）
※参加メンバーは飯田龍太、三橋敏雄、安井浩司、高橋睦郎、坪内稔典、小澤實、田中裕明、岸本尚毅。
・小林恭二『俳句という愉しみ　句会の醍醐味』（岩波新書、一九九五）
※参加メンバーは三橋敏雄、藤田湘子、有馬朗人、攝津幸彦、大木あまり、小澤實、岸本尚毅、岡井隆。

2 入門書

・坪内稔典『増補　坪内稔典の俳句の授業』（黎明書房、二〇一〇）

※初版『坪内稔典の俳句の授業』は一九九九年に刊行。

・阿部筲人（しょうじん）『俳句　四合目からの出発』（講談社学術文庫、一九八四）

※初版は文一出版より一九六七年に刊行。

・藤田湘子『新版　実作俳句入門』（角川俳句ライブラリー、二〇一二）

※初版『実作俳句入門』は立風書房より一九八五年に刊行。

・藤田湘子『新版　20週俳句入門』（角川学芸ブックス、二〇一〇）

※初版『20週俳句入門　第一作のつくり方から』は立風書房より一九八八年に刊行。

3 歳時記

・『合本俳句歳時記』第四版（角川学芸出版、二〇〇八）

※第三版は一九九七年刊行。第四版は電子辞書、アプリも発売されている。

附　公開句会「東京マッハ」vol.1–vol.3　全投句

vol.1

二〇一一年六月一二日

出演者……堀本裕樹、長嶋有、米光一成、千野帽子

1　つりしのぶ暮れて厨(くりや)の音色かな

2　全員が全長52メートル

3　夏服や切手買えたと女の子

4　花びらのしおりでひらく嵐が丘

5　ポンプポンプ音符ポンプの四重奏

6　急すぎる石段なれど祭髪

7 薫風(くんぷう)よ吹け犬の眼に全体に

8 全速力坂道疾走小銭も

9 夕虹(ゆふにじ)や安全ピンのしづくせり

10 夏シャツや大きな本は置いて読む

11 右端の全裸の者が専務です

12 太宰忌やジンに染みゆく灯蛾(ひが)の音

13 手押しポンプの影かっこいい夏休み

14 帽子あらば帽子をふらん夏の子に

15 侍ジャポンプライドばかり雲の峰

16 さかづきに金魚といふ名の肉を放つ

17 縁側ですぐ音でなくなるのです

18　鏡音（かがみね）レンは胡桃の花が好きかしら

19　かなぶんやコントローラー置けば闇

20　風船に飛ぶ音のなし夏野原

21　ｉＰａｄで殴ってしまうギルバート

22　ほととぎす護符貼られたるポンプあり

23　よりによって花火の晩にそれ言うか

24　ふらここや似てない物真似を許す

25　薫風を左に乗せてサイドカー

26　マコンドの豪雨ページを溢れ出る

27　ポンプからポンプへ旅をする水母

28　てんと虫本の天より天空へ

vol.2　あさがや国内ファンタスティック俳句祭

二〇一一年一〇月二九日

出演者……池田澄子、堀本裕樹、長嶋有、米光一成、千野帽子

1　わが句あり秋の素足に似て恥ずかし

2　立冬や余震慣れして座ってる

3　きちきちを四つ飛ばして逢瀬かな

4　ぞうさんのしっぽはコードだよ月夜

5　東京は空がじょうずに澄むところ

6　自動車の動きは丸く秋うらら

7　この先は未来コード引き抜け流星

8　一目惚れ多発九月の逢魔ノ辻

9　すこやかに未来あるべし小鳥来る
10　逢わないと決めた「ばーか」にくまん食う
11　燈火親しもつれしコードそのままに
12　冷めて色濃い芋の煮っころがし淋し
13　ボールペン回す間に恋となる
14　白桃のまだ決まらないほくろの場所
15　死んでいて月下や居なくなれぬ蛇
16　詩へ螺旋階段のぼりつつ夜寒
17　葡萄棚より一本コードらしきもの
18　セシウムだかなんだかかんだかあれは百舌
19　抱き寝して咲かす夜長の古どけい

20 ピアニカの音ふはふはと秋澄めり

21 逢うという言葉似合わぬ峰不二子

22 秋の夜や電話コードの爪大事

23 延長コードを隅へ隅へと秋のくれ

24 恍惚と枕流る、銀河かな

25 橋で逢う力士と力士秋うらら

26 ヘッドホンコードかばんの底にある

27 物憑きて萩真つ白に乱れけり

28 レシートの丸みに秋の日付かな

29 落鮎は鮎に逢えるか僕は寝る

30 蛇穴にコードあたしの襟足に

vol.3 新宿は濡れてるほうが東口

二〇一二年四月一日

出演者……川上弘美、堀本裕樹、長嶋有、米光一成、千野帽子

1 口寄せは草餅などと告げにけり

2 中年の右手に袋春の暮

3 あげませう春の光を一すくひ

4 麗らかや沖のボートの狙撃兵

5 春の湯にちんちんゆらしのぼせけり

6 かつて有名なりしあしかや握手さる

7 いくたびも架空の町の名を暮春

8 桃缶に缶切りなき夜三鬼の忌

9 押せば出るフロッピーディスク出さぬ春

10 一〇〇数えるといって三〇ぐらいで飽きる

11 なめこ汁なめこが熱し機嫌悪し

12 卒業の熱はココアの膜くらい

13 入学やどの子の口も一に閉づ

14 その犬の足は車輪だきんぽうげ

15 性欲満ちきれず菜飯食うてをる

16 歌舞伎町の鴉を殺す春の夢

17 目はいい口はとじて死にたし春の雨

18 桜餅元おニャン子の元妻と

19 中年の少年院の塔の鷹

20 春の日の付箋に文字や私のかも

21 花見るふりタメ口に気づかないふり

22 春の夜の鳩出で終へし帽子かな

23 永き日や言の葉沈むインク壺

24 観桜す広さの分る目と耳で

25 春陰や文房具屋で売る玩具

26 くちびるをぶぶぶってやったった冬だ

27 口移しするごとく野火放たれぬ

28 久方に消す鉛筆の字や余寒

29 柔らかき春服に照るダイヤかな

30 系統樹のはてに我あり春のくれ

東京マッハ・作者別出句

■vol.1

堀本裕樹……1、9、12、19、22、25、28
長嶋有……3、7、10、13、14、20、24
米光一成……2、4、5、8、17、21、27
千野帽子……6、11、15、16、18、23、26

■vol.2

池田澄子……1、12、15、18、23、29
堀本裕樹……3、9、11、16、20、27、
長嶋有……2、6、13、22、25、28
米光一成……4、7、10、17、21、26
千野帽子……5、8、14、19、24、30

■vol.3

川上弘美……3、6、13、15、22、30
堀本裕樹……1、8、16、23、27、29
長嶋有………9、11、17、20、25、28
米光一成……2、5、10、14、19、26
千野帽子……4、7、12、18、21、24

※本書で引用した句の底本は、文中に明記の場合を除き、各俳人の全集または所収句集等を参照した。また、適宜読み仮名をふった箇所がある。

千野帽子 ちの・ぼうし
勤め人。日曜祭日は文筆家。
フランス政府給費留学生としてパリ第4大学ソルボンヌ校に学び、
博士課程修了。専攻は小説理論。
2004年より文芸誌・女性誌・新聞などに書評やエッセイを寄稿。
1997年、たまたま参加した句会がきっかけで俳句にハマり、作句を開始。
海外の小説理論やお笑い芸など、「外」の目線から俳句をとらえなおす。
2010年に俳人の堀本裕樹と俳句ユニット「千堀」として雑誌連載を開始。
観客参加型の句会ライヴ「東京マッハ」の企画・司会を担当。
著書に『読まず嫌い。』(角川書店)『文學少女の友』(青土社)
『文藝ガーリッシュ』『世界小娘文學全集』(河出書房新社)など。

NHK出版新書 383
俳句いきなり入門
2012年7月10日 第1刷発行
2019年1月25日 第2刷発行
著者 千野帽子
発行者 森永公紀
発行所 NHK出版
〒150-8081東京都渋谷区宇田川町41-1
電話 (0570) 002-247 (編集) (0570) 000-321(注文)
http://www.nhk-book.co.jp (ホームページ)
振替 00110-1-49701
ブックデザイン albireo
印刷 新藤慶昌堂・近代美術
製本 藤田製本

Printed in Japan ISBN978-4-14-088383-9 C0292

NHK出版新書好評既刊